魔情錄

마정록

6

장담 신무협 장편소설

ORIENTAL FANTASY STORY & ADVENTURE

dream
books
드림북스

마정록(魔情錄) 6 풍운혈류(風雲血流)

초판 1쇄 인쇄 / 2012년 11월 1일
초판 1쇄 발행 / 2012년 11월 5일

지은이 / 장담

발행인 / 오영배
편집팀장 / 권용범
책임편집 / 편집부
펴낸 곳 / (주)삼양출판사 · 드림북스

주소 / 서울특별시 강북구 송천동 322-10호
대표 전화 / 02-980-2112 팩스 / 02-983-0660
편집부 전화 / 02-980-2116 팩스 / 02-983-8201
블로그 / blog.naver.com/dreambookss

등록번호 / 제9-00046호
등록일자 / 1999년 3월 11일

ⓒ 장담, 2012

값 8,000원

ISBN 978-89-542-4976-8 (04810) / 978-89-542-4845-7 (세트)

* 지은이와 협의하에 인지는 생략합니다.
* 잘못된 책은 구입한 곳에서 바꾸어 드립니다.

意中翔

마정록

6

풍운혈류(風雲血流)

장담 신무협 장편소설

ORIENTAL FANTASY STORY & ADVENTURE

dream books
드림북스

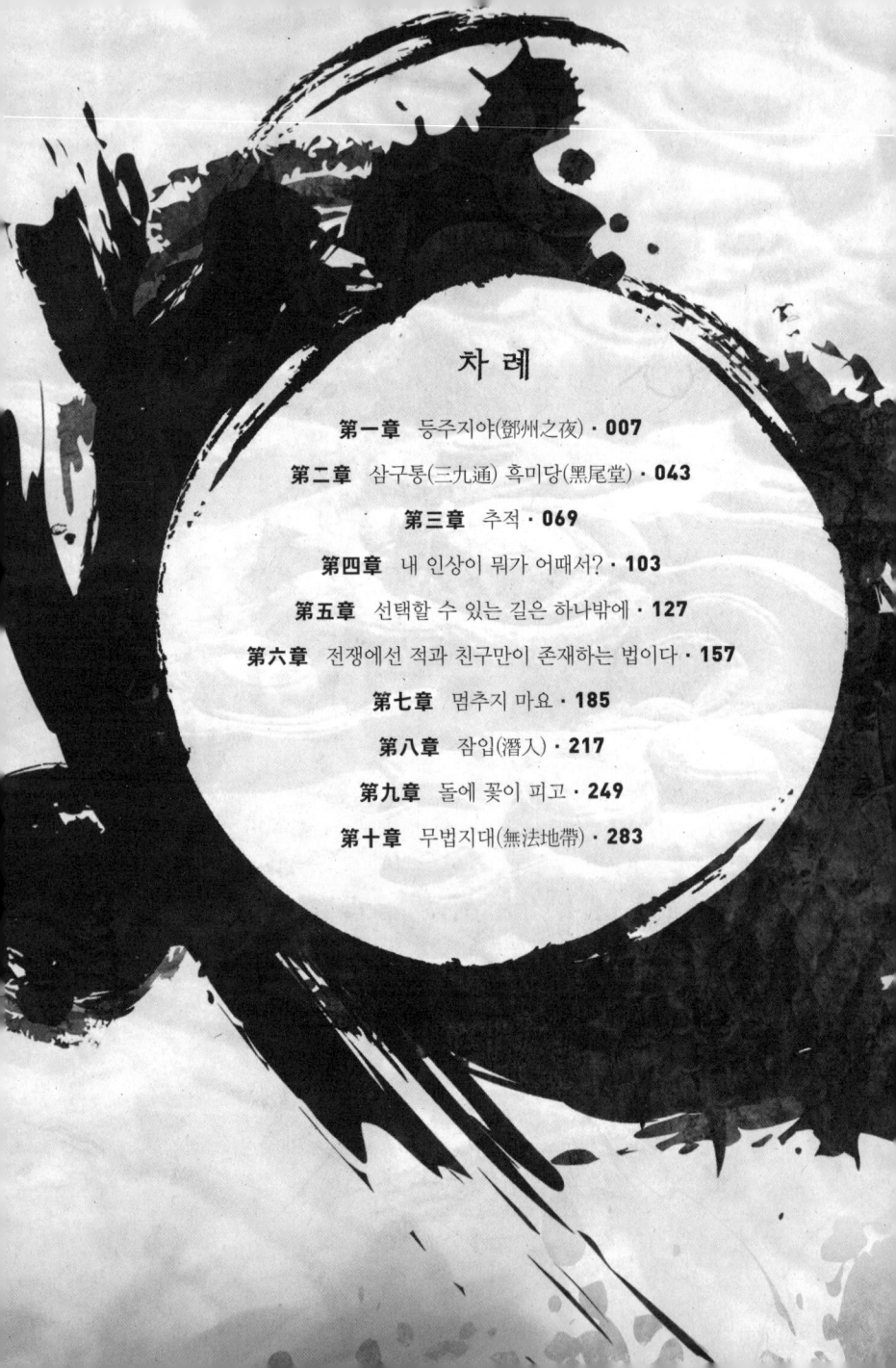

차 례

意自如

마정록

第一章

등주지야(鄧州之夜)

배가 고픈 듯 아기가 칭얼대며 울어 댔다. 그래서 수혈을 짚어 놓았다. 그리고는 가끔 풀어 주었다가 우는 시간이 길어지면 다시 짚었다. 최근에 짚은 것이 한 시진 전. 그런데 숨을 쉬지 않는 것이다.

이상 없이 데려오라는 명령만 아니었다면 죽든 말든 상관할 바 없었다. 그러나 명령이 떨어진 이상 아기가 잘못되면 자신의 인생도 끝장이었다.

'혈도를 너무 오래 짚어 놓았나?'

급히 아기를 보따리 안에서 꺼낸 그는 혈도를 풀어 주고 가슴을 매만졌다.

날씨가 시원한데도 이마에 땀이 맺혔다.

그가 살아온 삼십오 년 동안 이토록 조심스럽게 사람을 대한 것은 처음이었다.

누군가가 살기를 간절히 바란 것도 처음이었다.

그동안에는 죽이기만 했으니까. 죽이는 것만 배웠으니까.

평소 같으면 버리고 가면 그만인데 지금은 그럴 수도 없었다.

"무슨 일입니까?"

흑의인 하나가 마차 문을 열고 안을 바라보았다.

그러다 마응초가 하는 행동을 보고 표정이 굳어졌다.

"혹시 아기가?"

"맥이 멈춘 것은 아닌데 숨을 쉬지 않는다."

"입에 대고 가볍게 숨을 훅, 훅 불어 넣으면서 심장을 눌러 보십시오. 오래되지 않았다면 막힌 숨통이 트일지도 모릅니다."

"그래?"

마응초는 아기의 입을 벌리고 숨을 불어 넣었다.

훅, 훅!

그러면서 손으로는 가슴을 계속 눌렀다.

하늘이 아기의 죽음을 원하지 않은 것인가?

다행히 십여 번 했을 때, 아기가 나직한 기침을 뱉어 내더니 울음을 터트렸다.

"컥, 컥. 아아아앙!"

아기의 울음소리가 이렇게 반가울 줄이야!

마응초는 깊은 한숨을 내쉬면서 이마의 땀을 닦았다.

"후우우우. 하마터면 큰일 날 뻔했군."

그 때였다.

멈칫한 그가 강적을 노려보듯 아기를 바라고는 고개를 설레설레 저었다. 그리고 보따리를 완전히 푼 다음 아기의 기저귀를 풀어 보았다.

"제길, 먹은 것도 없으면서 많이도 쌌군."

그날 마응초는 난생처음 아기의 뒤를 닦아 보았다.

잠시 후..

아기를 다시 보따리에 싼 마응초는 보따리를 메고 마차를 나왔다.

비는 이미 멈춰 있었다. 그나마 다행이었다.

마음 같아서는 아기를 수하에게 맡기고 편하게 움직이고 싶었지만, 아기를 조장이 책임지라는 혈뇌의 명령 때문에 그럴 수도 없었다.

적을 만나 위험에 처하면 자신은 무조건 도주해서 아기를 지켜야 하는 것이다.

"가자."

마웅초가 마차를 버리고 남쪽으로 달려갈 즈음.

풍산객잔에 인상 더러운 손님이 찾아왔다.

"혹시 이상한 마차 못 봤어? 다리가 짧은 멍청이 말 두 마리가 마차를 끈다고 하던데."

점소이는 느닷없이 찾아와서 엉뚱한 질문을 해 대는 인상파 거한을 보며 눈을 깜박였다.

거한의 얼굴에는 일곱 개의 크고 작은 상흔이 만발했다.

암경회 당하 지부인 귀랑회의 다섯 소두목 중 하나인 강패가 바로 그였다.

평상시 허름한 풍산객잔에는 얼굴도 내밀지 않던 강패가 왜 갑자기 마차를 찾는 걸까?

어째든 점소이는 시끄러워지기 전에 자신이 본 대로 말해 주었다.

"그 마차라면 제가 봤는데요?"

"그래? 언제 봤지?"

"아까 비가 한참 올 때요. 멍청한 작자들이 땅이 질척해서 바퀴가 빠질 텐데도 그냥 가더라니까요?"

비가 한참 올 때라면 대충 반 시진 정도 지났다는 말이다. 아직 멀리 가지는 못했을 것이다.

"어디로 갔지?"

점소이는 손가락을 펴서 남쪽을 가리켰다.

"저쪽으로요."

강패는 더 묻지 않고 밖으로 뛰쳐나갔다.

'좋았어! 백 냥은 내 거다!'

암경회의 명령을 받은 두목이 놈들을 먼저 찾는 사람에게 백 냥의 포상금을 주겠다고 했다.

아마 놈들을 찾았다고 보고를 올리면 두목은 그 몇 배를 처먹을 것이다.

두목이야 얼마를 처먹든 아무래도 좋았다.

약속한 대로 백 냥만 내놓는다면.

'그 돈이면 선향이와 열흘은 놀 수 있겠지. 흐흐흐흐.'

생각만으로 기분이 좋아진 그는 말 등에 훌쩍 올라타고는 수하들을 이끌고 남쪽으로 달려갔다.

강패가 마차를 발견한 것은 반 시진 만이었다.

다리가 땅딸막한 말 두 마리가 한쪽 바퀴 축이 부러진 마차를 끌고 근처를 배회하고 있었다.

강패는 질척한 땅에 찍힌 발자국을 살펴보았다.

숫자는 셋 정도. 서남쪽으로 발자국이 이어진 걸 보니 신야나 등주 쪽으로 가는 듯했다.

"뻐드렁니."

"예, 형님!"

"너는 즉시 돌아가서 회주에게 알려라. 놈들의 숫자는 셋. 신야나 등주 쪽으로 가는 것 같다고."

강패는 제법 그럴듯하게 추측하며 명령을 내렸다.

"알겠습니다."

수하 다섯 중 뻐드렁니가 툭 튀어나온 청년이 말머리를 돌려서 당하로 달려갔다.

다른 청년이 부러운 눈으로 뻐드렁니의 등을 바라보고는 강패에게 물었다.

"형님, 우린 어떻게 하죠?"

"어떻게 하긴? 나랑 함께 놈들을 쫓아가야지."

"예? 두목이 싸움을 피하라고 했지 않습니까?"

"누가 싸운대? 우리가 찾는 놈들이 맞는지 확인은 해야 할 것 아냐?"

"마차를 보니까 딱 떨어지는데요, 뭐."

"그래도 낯짝을 눈깔로 확인을 해야 정확하지."

은자 백 냥을 먹는 게 어디 쉬운 일인 줄 아나?

얼굴을 보지 못했다고 하면 절대 돈을 줄 두목이 아니었다.

'그 쪼잔한 인간이 반은 깎을걸?'

진창 속을 먼지 나게 돌아다녀 놓고 오십 냥을 생으로 뜯길 순 없었다.

"가자, 놈들을 찾으면 오늘 밤에는 내가 한턱 쏜다. 아주 화끈하게!"

                    *   *   *

유시 초.

남양에 도착한 북궁천은 곧장 암평도국으로 향했다.

기다리고 있었다는 듯 왕두평이 나와서 그들을 맞이했다.

"어서 오십시오, 단 공자. 저를 따라오시지요."

왕두평은 북궁천 일행을 자신의 거처가 있는 암향장으로 안내했다.

북궁천은 방으로 들어가자마자 거두절미하고 물었다.

"놈들에 대해서 들어온 소식이 있소?"

"방성에서 마차를 구해 남쪽으로 내려갔다고 합니다."

역시 남양으로 온 것은 잘못된 선택이 아니었다.

"교활한 놈들. 우리를 위로 올라가게 해 놓고 거꾸로 내려왔군."

"아기를 숨기기 위해서 마차를 구한 것 같습니다만, 다행히 그곳 마장을 저희가 운영하는지라 운 좋게 놈들을 발견했습니다."

"현재 위치는?"

"아직 확인된 바는 없습니다만, 남양과 남소 사이를 지나서 등주로, 아니면 남양과 당하 사이를 통과해서 진평으로 갈 거라 예상하고 있습니다. 사람을 풀었으니 곧 소식이 올 것입니다."

북궁천은 앉아서 기다릴 마음의 여유가 없었다.

아침에 납치당했다. 지금 시각은 유시.

놈들이 아기에게 젖을 주고 이동하진 않을 터. 아기가 힘들어할 것을 생각하면 촌각도 아까웠다.

눈을 반쯤 감고 허공을 응시하던 그는 왕두평이 말한 두 곳 중 하나를 택했다.

"우리는 당하 쪽으로 내려가서 등주 쪽으로 꺾어지겠소."

"등주로 가면 백 리 이상 돌아가야 합니다, 단 공자."

왕두평은 마음이 급할 납치범들이 그 거리를 돌아갈까 싶었다.

그러나 북궁천은 그 이유 때문에 등주를 택했다.

"어차피 남쪽으로 돌아가는 것, 백 리 정도 더 돌아가지 못할 것도 없지."

적의 눈을 피하는 데 유리하다면 백 리는 먼 거리가 아닌 것이다.

"그것도 그렇군요."

"시간이 없으니 바로 출발하겠소."

"지금쯤은 단 공자의 일행들에게도 소식이 전해졌을 겁니다. 그분들은 진평으로 가게 하겠습니다. 그리고 등주에 가시게 되거든 취향루를 찾아가십시오. 제 말을 하면 어떤 부탁이

든 성심성의껏 도와 드릴 겁니다."

북궁천은 고개를 끄덕였다.

"알겠소."

짧게 대답한 그는 방을 나섰다.

왕두평은 북궁천 일행이 암향장을 떠난 후로도 한참 동안 입구를 바라보았다.

한초상이 곁으로 다가와서 알 수 없다는 표정으로 말했다.

"회주, 그가 정말 그렇게 대단한 사람입니까?"

"우리 암경회의 모든 무사가 나서도 단 공자의 일행 중 한 사람도 제대로 막지 못할 거다."

"예? 설마……."

"한 당주, 단 공자와 함께 있던 중년인이 누군지 아느냐?"

"글쎄요."

"그가 바로 고검 임강령이다."

한초상은 입을 반쯤 벌린 채 눈을 홉떴다.

"고, 고검이라고요?"

"그래, 그런데 고검이 입 한 번 뻥끗 못 하고 있다가 나갔다. 그게 무슨 뜻인지 아직도 모르겠느냐?"

한초상은 바로 대답하지 못했다.

고검 임강령을 제삼자로 만들어 버릴 수 있는 사람이 누가 있단 말인가?

단화린이란 이름을 귀가 따갑도록 듣긴 했지만, 설마 그 정도일 줄은 생각도 못 한 터였다.

왕두펑은 그런 한초상의 반응을 보고 잔잔한 미소를 지으며 말을 맺었다.

"그래서 나는 더욱더 단 공자의 명을 받들고자 하는 것이다. 그는…… 하늘이야."

*　　*　　*

강패는 은근히 오기가 생겼다.

한 시진이면 낯짝을 볼 수 있겠지. 길면 두 시진?

그런데 어스름이 깔리고 있거늘, 낯짝은커녕 꼬리도 보지 못했다.

빌어먹을!

슬슬 짜증이 났다.

'이 개자식들이 대체 어디 있는 거야? 이러다 등주까지 가는 거 아냐?'

자신을 따라온 네 놈은 죽을상이었다.

자신도 장시간 말을 탔더니 엉덩이가 다 아팠다.

더 따라가야 하나? 돌아갈까?

갈등이 일었다.

울화통이 터진 그는 가슴이 타 버리기 전에 화기를 밖으로 분출했다.

"어디 누가 이기나 보자, 개새끼들아! 지옥 끝까지 따라갈 테니까!"

그 때였다.

오른쪽 언덕 뒤에서 싸늘한 목소리가 들렸다.

"죽고 싶으면 바위에 머리를 처박지, 왜 귀찮게 따라와?"

강패가 기겁해서 고개를 돌렸다.

어둑해지는 언덕 위에서 두 줄기 시커먼 그림자가 솟구쳤다.

강패와 그의 수하 넷이 말고삐를 잡아챘을 때 그림자가 머리 위로 떨어졌다.

말을 돌려서 도망가기에는 늦은 상황.

그는 등에 매고 있던 칼을 뽑았다.

"두 놈밖에 안 된다! 막아!"

다른 네 사람도 엉겁결에 칼을 빼 들고는, 떨어지는 그림자를 향해 휘둘렀다.

그러나 두 흑의인은 천사교 혈교령 휘하 비밀 조직인 사밀영의 고수들이었다.

당하 귀랑회의 일개 건달들이 막을 수 있는 자들이 아닌 것이다.

게다가 그들은 일격필살의 마음으로 도검을 휘두른 터였다.

쉬아아악!

서걱!

흑의인들이 휘두른 도검에 귀랑회의 청년 둘이 말과 함께 쩍 갈라졌다.

"끄악!"

"흐어억!"

쩡!

강패의 칼도 중동이 부러져서 허공으로 날아갔다.

그나마 그는 삼류심법이라도 익힌 덕에 몸이 양단되진 않았다. 하지만 눈앞이 하얗게 변할 정도로 거센 충격이 전신을 휩쓸자 온몸이 굳어 버렸다.

말이 그 충격에 깜짝 놀라서 날뛰었다.

히히히힝!

강패는 그 와중에도 고삐를 놓치지 않았다.

흑의인이 강패의 칼을 부러뜨리고 바닥에 내려선 순간, 갑자기 말이 튀어 나갔다.

두두두둑.

강패는 죽기 아니면 살기로 고삐를 붙잡고 말 등에 몸을 붙였다.

목이 콱 막혀서 숨을 쉴 수가 없었다.

칼을 들었던 팔은 아무 감각이 없고, 배 속에선 내장이 터진 것처럼 극렬한 고통이 밀려왔다.

흑의인은 즉시 강패의 말을 향해 몸을 날렸다.

바로 그 때, 청년 중 하나가 흑의인의 앞을 가로막았다.

가로막고 싶어서 막은 게 아니었다. 도망가려 했는데, 하필이면 재수 없게 흑의인의 앞을 막은 것이다.

쉬아아악!

흑의인은 달리던 그대로 칼을 휘둘러서 청년의 목을 쳐 버렸다.

그런데 살기를 느낀 말이 놀라서 앞다리를 높이 쳐들며 날뛰었다.

그 바람에 흑의인도 앞으로 나아가지 못하고 몸을 틀어서 옆으로 내려섰다.

그사이, 강패를 태운 말은 이미 십여 장 밖을 달려가고 있었다. 평소엔 볼 수 없는 질풍 같은 속도였다.

흑의인이 말을 쫓아가기 위해 몸을 날렸을 때는 이미 이십 장으로 거리가 벌어진 상태.

때마침 언덕 위에 나타난 마응초가 두 사람을 불러들였다.

"갈 길이 멀다. 놔두고 돌아와라."

＊　　　＊　　　＊

어느새 하늘이 어두워졌다.

구름이 끼어서 별빛 하나 보이지 않는 밤.

남양을 출발해서 남서쪽으로 걸음을 바삐 옮기던 북궁천은 어둠 속에서 들려오는 소리에 걸음을 멈췄다.

또각, 또각, 또각.

말발굽 소리였다.

빠른 간격이 아닌 걸 보니 걷는 듯했다.

소리가 들리는 곳은 언덕 너머.

"제가 가 보겠습니다."

장추람이 앞서 달려가 언덕 위로 올라갔다.

곧 고개를 돌린 그가 북궁천 쪽을 향해 말했다.

"주군, 말에 부상자가 타고 있습니다."

그러고는 언덕을 넘어서 사라졌다.

북궁천 일행도 걸음을 빨리해서 언덕을 넘어갔다.

말은 한 마리였다. 말 등에는 덩치가 큰 사람이 엎드리고 있었는데, 몸이 흔들거리는데도 용케 떨어지지는 않았다.

장추람이 말고삐를 잡고 옆에 서서 거한을 살펴보았다.

특별한 외상은 보이지 않았다. 그러나 어둠 속에서도 드러날 정도로 얼굴이 창백했고, 입가에 피가 묻어 있었다.

심한 내상을 입은 듯했다.

"괜찮아?"

정신을 잃기 직전 들려온 목소리에 강패는 안간힘을 다해서 고개를 들었다.

"누구……?"

그런데 그 바람에 중심을 잃고 말 반대편으로 스르르 떨어졌다.

장추람이 번개처럼 반대편으로 몸을 날려서 떨어지는 강패의 허리를 붙잡았다.

가까스로 땅에 처박히는 꼴을 면한 강패는 장추람이 바닥에 몸을 내려놓자 기침을 터트렸다.

"쿨룩, 쿨룩!"

그가 기침을 할 때마다 입술에서 피가 튀었다.

강력한 내기에 장부가 상하면서 위장에 피가 고인 것이다.

"우린 마차를 찾고 있는 사람이다. 혹시 이상한 마차를 본 적이 없나?"

장추람이 밑져야 본전이라는 마음으로 물어보았다.

그런데 그 말을 듣고 강패가 고개를 번쩍 쳐들었다.

그는 한이 사무친 눈빛으로 장추람을 노려보면서 온 힘을 다해서 입을 열었다.

"봤소. 그 마차를 몰던 놈들도."

그 때 바로 옆까지 다가간 북궁천이 무심한 목소리로 물었다.

"그들은 어디 있지? 자세히 말해 봐라."

강패는 그렇게 무서운 목소리를 처음 들었다.

심혼이 얼어붙는 느낌.

몸을 부르르 떤 그는 북궁천을 향해 고개를 돌리며 말했다.

"여기서 삼십 리 정도 떨어진 곳……."

강패는 흑의인들을 만난 곳에 대해서 기억나는 대로 최대한 자세히 말하고 으드득 이를 갈았다.

"그곳에서 내 동생 넷이 놈들에게 처참하게 죽었소."

"암경회의 사람인가?"

"당하 지부의 강패요."

"그들의 뒤를 쫓다가 당한 건가?"

"그렇소."

"네 동생들의 복수는 우리가 해 주마."

강패의 입가에 미소가 번졌다.

"흐흐흐, 고맙소. 꼭 그놈들을 죽여 주쇼. 이 강패는 손해 보고는 못 사는 놈이오. 놈들을 죽일 때 목을 뎅강 잘라 버리쇼."

북궁천은 말없이 고개를 끄덕이고는 강패를 향해 우수를 뻗었다.

부드러운 기운이 강패의 몸을 휘감았다.

강패는 자신의 몸속으로 기이한 기운이 스며들자 눈을 크게 떴다.

북궁천은 그렇게 열을 셀 정도의 시간이 지난 후 손을 거두었다.

"무리하지만 않으면 죽을 염려는 하지 않아도 될 거다."

강패는 속이 조금 편해진 것처럼 느껴지자 땅을 짚고 몸을 일으켰다. 힘들긴 해도 일어나지 못할 정도는 아니었다.

그는 금방 죽을 것 같던 자신의 몸이 손짓 한 번으로 회복되었다는 게 믿어지지 않았다.

그제야 상대가 천신 같은 능력을 지닌 고수라는 걸 안 그는 감격한 표정으로 포권을 취했다.

강호의 고수들은 자신들을 벌레처럼 여긴다.

그런데 그 어떤 고수보다 더 대단한 능력을 지닌 것처럼 보이는 청년은 그런 자들과 달랐다.

"정말 고맙습니다, 공자. 오늘의 은혜, 잊지 않겠습니다."

"그대는 임무에 충실했다. 나는 당연히 해 줘야 할 일을 한 것뿐이고."

북궁천은 무심한 어조로 대꾸하고 몸을 돌렸다.

시간 차이는 한 시진 정도. 거리는 오십 리에서 백 리 사이. 방향으로 봐서는 예상대로 등주를 지나가려는 듯했다.

아직 먼 거리지만 그래도 처음보다는 훨씬 나은 상황이었다.

"가자, 추람."

*   *   *

"다 왔군."

마웅초는 별 탈 없이 도착한 것에 안도하며 등주로 들어갔
다.

해시를 지나 자시가 다 된 시각.

등주의 밤거리는 음산한 느낌이 들 정도로 조용했다.

마웅초는 좌우를 살피며 동서를 가로지른 대로로 진입했
다.

지나다니는 사람이 간혹 보이긴 했지만 평범한 양민들이었
다.

잠시 후. 그는 작은 장원의 낡은 대문 앞에서 걸음을 멈췄
다.

대문에는 군데군데 칠이 벗겨진 '천복(天福)'이라는 두 글
자가 쓰여 있었다.

그곳이 바로 천하에 산재한 천사교의 지부 중 등주 지부였
다.

탕탕탕.

수하 하나가 문을 두드리자 얼마 지나지 않아서 나직한 목
소리가 들렸다.

"뉘시오?"

"천귀산에서 온 마씨요."

곧 문이 열리고 빼빼마른 장한이 얼굴을 드러냈다.

마웅초는 망설이지 않고 안으로 들어갔다.

"다른 사람들은 왔는가?"

"예, 안에 계십니다. 따라오시지요."

혈뇌는 구양환이 아기를 빼돌려 놓았을지 모르는 장소로 두 군데를 예상했다.

한 곳은 헌원려려의 고모부인 서문각의 포원산장. 다른 한 곳은 구양환의 친구가 지주(知州)인 등주 현청.

그는 마응초가 이끄는 삼조를 포원산장으로 보내고, 기학태가 이끄는 오조는 등주로 보냈다.

그리고 삼조가 아기를 찾으면 등주로 가서 합류하고, 기학태가 아기를 찾으면 곧장 서협으로 복귀하라고 했다.

그런데 마응초가 임무에 성공해서 등주로 온 것이다.

마응초는 수하들과 함께 장한의 안내를 받으며 안으로 들어갔다.

방 안에는 십여 명이 있었는데, 삼십 대 후반의 중년인이 그를 반겼다. 사밀영 오조장인 기학태였다.

"아기는 찾았나?"

마응초는 자신이 매고 있는 보따리를 손가락으로 가리켰다.

"여기에 있네. 그런데 죽이라도 끓여야 할 것 같군."

"죽?"

"아기가 하루 종일 굶었네. 이상이라도 생기면 문책이 뒤따를 거야."

"알았네."

기학태는 마응초를 안내해 온 장한에게 죽을 준비하라 이르고는 한쪽에 조용히 앉아 있는 사람들을 소개했다.

"이분들은 소존께서 아기의 안전한 호송을 위해 보낸 분들이시네."

*　　　*　　　*

별빛 하나 보이지 않던 하늘에서 다시 빗방울이 떨어지기 시작했다.

그나마 등주에 들어선 후라 다행이었다.

북궁천은 지나다니는 사람도 없는 길을 따라 등주 깊숙이 들어갔다.

자정이 다 된 시각. 대부분의 객잔은 문을 닫았고, 취객들의 고집 때문에 문을 닫지 못하는 주루 몇 곳에서만 횡설수설하는 목소리가 흘러나오고 있었다.

임강령은 왕두평이 말한 취향루를 아는 듯 머뭇거리지 않고 앞장서서 걸었다.

반 각가량 빠르게 걸은 그는 커다란 기루 앞에서 걸음을 멈췄다.

삼 층으로 된 기루는 휘황찬란한 불빛으로 대낮처럼 밝았다.

늦은 시간인데도 주루 안에서 여인의 교소와 왁자지껄한 취객들의 목소리가 끊이지 않고 흘러나왔다.

기루가 문을 닫기 전에 마지막 불길을 활활 태우는 듯했다.

취객들은 아름다운 기녀들을 어떻게든 안아 보기 위해서. 기녀들은 취객의 주머니를 최대한 털어 내기 위해서.

임강령은 입구 위에 매달린 '취향루'라는 현판을 슬쩍 쳐다보고 안으로 걸음을 옮겼다.

북궁천 일행도 그를 따라서 안으로 들어갔다.

그들이 안으로 들어가자, 염소수염을 매단 중년인이 빠르게 다가오며 난색을 표했다.

"아이고, 무사님. 이제는 너무 늦어서 손님을 받을 수 없습니다요. 내일 오시면 안 되겠습니까요?"

임강령은 간결하게 자신의 목적을 말했다.

"우리는 술을 마시러 온 게 아니다. 주인은 어디에 있지?"

"루주님은 왜 찾으시는 겁니까요?"

"남양의 왕두펑이 보내서 왔다. 주인에게 안내해."

염소수염 중년인의 눈이 휘둥그레졌다.

"남양 왕 회주님께서 보내셨다고요?"

"잔소리 말고 빨리 안내해. 한시가 급하니까."

염소수염 중년인은 난감한 표정을 드러내며 말을 더듬었다.

"그게 저…… 루주님께선 지금 이 층에서 중요한 손님을 만나고 계신 중이라……."

"왕두평보다 중요한 손님인가?"

"그런 뜻으로 드린 말씀이 아니라…… 하, 이거 참."

염소수염 중년인은 말을 더듬으며 안절부절못했다.

그러나 북궁천은 말 한마디 건네는 시간도 아까웠다.

"우리가 찾아보지."

그가 무심한 목소리로 말하고 몸을 돌리자, 장추람과 냉호, 철교신이 재빨리 앞으로 나섰다.

임강령이 그 모습을 보고는 염소수염 중년인을 다그쳤다.

"주루가 망하는 꼴 보기 싫으면 어서 안내해."

"저도 그러고 싶습니다만, 손님들이 화를 낼지 몰라서 말입죠."

염소수염 중년인은 눈알을 굴리며 망설였다.

왕두평이 보낸 사람들이라면 절대 함부로 대할 수 없었다. 그러나 루주를 찾아온 손님 또한 왕두평에게 뒤떨어지는 사람이 아니었다.

아니, 어떤 면으로는 더 중요한 사람이라고 할 수 있었다.

왕두평이 직접 왔다면 몰라도 심부름을 온 자들 때문에 그자의 심기를 건드리는 모험을 하고 싶지 않았다.

그 때 북궁천이 슬쩍 고개만 돌리고 물었다.

"어느 방이지?"

"이 층 끝 방에……."

염소수염 중년인이 엉겁결에 대답했다.

그사이 장추람을 비롯한 세 사람이 이 층 계단을 올라갔다.

이 층은 긴 회랑을 중심으로 양쪽에 열두 개의 방이 늘어서 있었다.

그런데 그중 끝에 있는 방 앞에 무사 셋이 서 있었다. 서 있는 자세로 봐서 방 안에 있는 누군가의 호위무사인 듯했다.

장추람과 냉호, 철교신이 그들에게 다가가자, 무사 중 하나가 앞으로 나서며 눈살을 찌푸렸다.

"무슨 일인가?"

"취향루의 주인을 찾고 있는데, 그 안에 있나 보군."

"왜 루주를 찾는 거지?"

"볼일이 있어서. 좀 비켜 주겠나?"

"건방진 놈들이군. 안에는 우리가 모시는 공자께서 계신다. 루주를 만나려거든 기다려라."

"기다릴 시간이 없어서 올라온 거야."

"말투를 보니 시골 촌놈들 같은데, 어디 부러지기 전에 얌전히 물러나라."

"시간이 없다니까?"

장추람은 앞에 아무도 없는 것처럼 거침없이 걸음을 옮겼다.

"훗, 내 말이 말 같지 않게 들리나 보군."

장한이 가볍게 코웃음 치더니 장추람을 향해 손을 뻗었다.

장추람은 장한의 손을 가볍게 쳐 내고는 손바닥을 뒤집으며 쑥 뻗었다.

장한이 엇? 하며 흠칫함과 동시, 장추람의 손바닥이 가슴에 틀어박혔다.

퍽!

"크윽!"

주르륵 서너 걸음을 물러난 장한이 일그러진 표정으로 장추람을 노려보았다.

"한 번 더 막으면 그때는 갈비뼈가 부러질 것이다."

장추람이 냉랭히 말하고 다시 걸음을 옮겼다.

동료가 당하는 것을 본 또 다른 무사 둘이 무기를 빼 들었다.

순간, 장추람의 눈빛이 새파랗게 번뜩였다.

"후회할 일은 하지 않는 게 좋을 텐데?"

그 눈빛이 어찌나 살벌한지 검을 빼든 무사 둘은 자신도 모르게 주춤거리며 물러섰다.

그 때 방 안에서 걸쭉한 목소리가 들렸다.

"무슨 일인데 이리 소란이냐?"

"웬 자들이 루주를 만나겠다고 소란을 피웁니다, 소보주."

"루주를?"

곧 방문이 열렸다.

화려한 방 안에는 머리가 흐트러진 청년 하나와 젊은 여인 둘이 앉아 있었다.

문을 연 사람은 어린 소녀였는데, 잔뜩 긴장한 표정을 지은 채 한쪽으로 물러나 있었다.

북궁천은 방문이 열리자 지체하지 않고 방으로 다가갔다.

"멈춰라!"

검을 든 호위무사 둘이 그의 앞을 막았다.

북궁천은 걸음을 멈추지 않았다.

퍼벅!

두 무사가 철벽에 부딪친 사람처럼 튕겨서 양쪽으로 나가 떨어졌다.

북궁천은 그들을 쳐다보지도 않고 유유히 걸어서 방 안으로 들어갔다.

방 안에 있던 청년은 이해할 수 없는 광경을 보고 눈살을 잔뜩 찌푸렸다.

"이 늦은 밤에 무슨 일로 루주를 만나겠다는 건가?"

"왕두평의 말을 듣고 요청할 일이 있어서 찾아왔다. 그대가 이곳의 주인이 아니라면 그대와는 상관없는 일이니 관여치 마라."

"왕두평? 남경 암경회 회주 말인가?"

"맞아."

청년은 왕두평의 이름을 듣더니 머리를 쓸어 올리며 피식 웃었다.

"왕두평이 그렇게 대단한 사람인지 몰랐군. 나는 은검보의 조무성이라는 사람이네. 무슨 일인지 모르지만 내일 이야기 하면 안 되겠나?"

은검보는 등주 남쪽 백 리 떨어진 곳에 있는 무가였다.

등주 일대에서 가장 강한 힘을 지닌 세력.

삼성궁이나 천무회와 비교하면 대단할 것도 없지만, 흑도 무리인 암경회에 비해선 강력한 힘을 지녔다고 봐야 했다.

취향루의 총관이 왕두평과 저울질을 한 것에는 그만한 이유가 있는 것이다.

더구나 조무성 자신은 지닌 능력을 인정받아서 하남 무림의 뛰어난 후기지수 열 명 중 하나로 꼽혔다.

앞에 있는 자에게서 이유를 알 수 없는 위압감이 느껴지긴 하지만 밀리고 싶은 마음은 조금도 없었다.

그러나 그의 상대는 왕두평이 아닌 북궁천이었다.

"그대는 내 일에 신경 쓸 것 없다."

여전히 무시하는 말투.

조무성의 미간에 골이 파였다. 아마 그의 성격이 조금만 급했다면 손부터 나갔을지 몰랐다.

"말을 너무 함부로 하는군."

"나는 지금 쓸데없는 이야기로 시간이 가는 게 너무나 아까워서 미칠 것 같다. 그러니 내 일에 끼어들지 말고 조용히 있어."

조무성은 북궁천의 무심한 목소리를 듣고 몸을 부르르 떨었다.

지금까지 살아오면서 사람의 목소리를 듣고 몸이 굳은 것은 처음이었다.

하지만 그는 자존심이 상해서라도 이대로 물러설 수 없었다.

"정말 오만한 자군. 내가 왕두평이라는 이름에 겁을 먹을 거라 생각했나? 착각하지 마시지."

방으로 들어서던 냉호가 그 말을 듣고 냉랭히 대꾸했다.

"말귀를 못 알아듣는군. 주군께서는 너를 죽이는 시간조차 아까워서 가만 놔두고 있으신 거다. 그러니 입 다물고 한쪽에 찌그러져 있어라."

"뭐야?"

발끈한 조무성이 탁자를 손으로 내리쳤다.

탕! 소리와 함께 술잔이 허공으로 한 자가량 떠올랐다.

조무성은 허공에 떠오른 술잔을 손등으로 후려쳤다.

술잔은 마치 잡아서 힘껏 던진 것처럼 냉호를 향해 날아갔다.

그 속도가 워낙 빨라서 조무성의 손짓이 멈췄을 때는 이미 술잔이 냉호의 코앞에 도달해 있었다.

하지만 냉호는 눈 하나 깜짝하지 않고 손을 들었다.

누가 봐도 늦은 것처럼 보였다. 술잔은 냉호의 코에 틀어박혀서 코뼈를 짓뭉갤 것 같았다.

그러나 손이 움직였다 싶은 순간, 술잔이 그의 손에 잡혀 있었다.

술잔 속에 술이 그대로 든 채.

냉호는 무표정한 얼굴로 술잔 속의 술을 목구멍에 털어 넣었다. 코끝을 찡그린 그의 입에서 기분 좋은 탄성이 흘러나왔다.

"크으, 제법 독한데? 덕분에 뜻하지 않은 술을 마셨군. 잔은 돌려주지."

냉호는 술잔을 가볍게 밀치듯이 던졌다.

술잔은 느릿하게 조무성을 향해 날아갔다.

조무성의 표정이 돌덩이처럼 굳어졌다.

날아드는 술잔이 점점 크게 보였다. 만근 바위가 날아드는 듯했다.

그는 전 공력을 끌어 올려서 손을 뻗었다.

흐트러져 있던 머리카락이 바람에 날리듯이 나풀거렸다.

엄지와 검지, 중지를 뻗은 그는 조심스럽게 잔을 잡았다.

손가락 끝에서 짜르르한 전율이 일더니, 팔을 타고 온몸을 흔들었다.

부르르, 몸을 떤 그는 이를 악물었다.

푹.

앉아 있던 의자가 세 치가량 밑으로 꺼졌다. 이가 보일 정
도로 얼굴이 일그러졌다.

그러나 다행히 그 이상의 충격은 없었다. 온몸을 짓누르던
상대의 기운도 거짓말처럼 사라졌다.

내심 안도한 조무성은 술잔을 내려놓고 냉호를 지그시 바
라보았다. 흘러내린 머리카락 사이의 눈빛에는 자괴감이 떠
올라 있었다.

"훗, 사공강후에게 멋모르고 덤볐다 박살 난 후로 오랜만
에 패대기쳐진 개구리 신세가 되어 보는군."

사공강후에게 형편없이 패한 후 실의에 빠져서 천사교와
싸우는 일에도 참여하지 않았다.

그렇다 해서 자신이 남보다 못하다는 생각은 해 보지 않았
다. 사공강후가 비현실적으로 뛰어난 것일 뿐.

그런데 오늘, 확실하게 알았다.

세상은 넓고, 자신은 별 볼 일 없는 사람에 불과하다는 걸.

"크크크, 그동안 내 주제를 너무 몰랐어. 빌어먹을!"

자조에 찬 웃음이 입술 사이로 흘러나왔다.

그 때 임강령이 들어오며 한마디 했다.

"너무 자신을 비하할 필요는 없네. 질 사람에게 졌을 뿐이
니까."

멈칫하며 입구를 바라보던 조무성은 임강령을 알아보고 놀라서 벌떡 일어났다.

"임 대협께서 이곳에는 웬일로……?"

"인사는 나중에 나누지. 촌각이 급하니까."

조무성의 입을 틀어막은 임강령은 내심 안도하며 북궁천을 바라보았다.

조무성의 부친 조수문은 그가 잘 아는 사람이었다. 조무성이 술기운을 빌어 공연한 객기라도 부렸다면 몸이 성치 못했을 터. 자존심이 꺾인 정도로 끝난 게 그나마 다행이었다.

비록 사공강후에게 패한 뒤 자괴감에 빠져 자학하듯이 지내고 있지만, 조무성은 임강령이 괜찮게 생각하는 젊은이 중 하나였다.

그는 이번 일이 조무성에게 약이 되길 바랐다.

"저 친구는 내가 잘 아네. 관여치 말고 볼일을 보게."

북궁천은 미미하게 고개를 끄덕이고는 두 여인을 바라보았다.

한 여인은 일어나 있고, 한 여인은 그때까지도 의자에 앉아 있었다.

나이는 이십 대 중반 정도. 의자에 앉아 있는 여인은 백의를, 서 있는 여인은 녹의를 입었는데 두 여인 다 눈이 부실 정도로 아름다웠다.

"누가 이곳의 주인인가?"

두 여인은 자신들마저 조무성과 똑같이 대하는 북궁천을 묘한 눈빛으로 바라보았다.

그녀들이 이런 대접을 받은 적은 처음이었다. 그런데도 기분이 나쁘다는 생각은 들지 않았다.

"천녀가 이곳의 주인인 추상화예요."

앉아 있던 백의여인이 미소를 지으며 일어났다.

이제 스물대여섯밖에 안 될 것 같은 여인이 이렇게 큰 기루를 경영하고 있다는 사실은 놀라운 일이 아닐 수 없었다.

그러나 북궁천은 그에 대해서 조금도 의문을 품지 않았다. 능력만 있다면 더 어린 나이라 해도 얼마든지 주인이 될 수 있는 것이다.

한바탕 소란이 벌어졌는데도 웃음을 잃지 않고 있는 것만 봐도 자격은 충분했다.

"왕두평이 그러더군. 무슨 일이든지 그대가 도와줄 거라고."

"왕 회주님을 잘 아시나요?"

"조금."

"그분이 그렇게 말했다는 걸 어떻게 믿지요?"

"그가 얼마 전에 누군가를 찾기 위해서 사람을 보낸 적이 있을 거다."

"맞아요. 그런 적이 있어요. 공자와 연관 있는 일인가 보죠?"

"내가 시킨 일이라면 설명이 될지 모르겠군."

백의여인, 추상화의 눈꺼풀이 잘게 떨렸다.

그녀는 상황 판단이 빠른 여인이었다. 혼자의 힘으로 삼 년 만에 취향루를 열 배 이상 성장시켰을 정도로 머리 회전이 빠르고 영리했다.

—말 한마디로 왕두평을 움직일 수 있는 사람.

그녀는 북궁천을 그렇게 평가했다.

수하로 보이는 자들의 뛰어남만 봐도 헛소리가 아니란 것 정도는 짐작하고도 남았다.

그녀는 자질구레한 질문을 모두 접었다. 상대에 따라 대하는 방법을 달리해야 하는 법.

눈앞의 청년에게는 시간을 끄는 게 독이 될 뿐이다.

"좋아요. 왕 회주님이 그리 말씀하셨다면 도와 드려야죠. 그런데 뭘 도와 드려야 할지 모르겠군요."

"움직일 수 있는 사람이 몇이나 있지?"

"보표와 일꾼을 합하면 백 명 정도 된답니다."

많진 않지만 적은 인원도 아니다. 더구나 그들은 등주 성 내를 잘 아는 사람들. 등주 안으로 스며든 자들을 찾는 데는 어설픈 무사 몇 백보다 차라리 그들이 나았다.

"오늘 밤, 당하와 남양 사이의 길을 통해서 등주로 들어온 자들이 있다. 숫자는 모두 셋. 옷은 흑의를 입었고, 무기를 등에 맸으며, 한 사람은 제법 큰 보따리를 메고 있었을 거다.

그들이 들어온 시간은 한 시진 전후. 등주를 모조리 뒤엎어서
라도 최대한 빨리 그들을 찾아 주었으면 좋겠군."

"등주를 모두 뒤지려면 시간이 좀 걸리겠군요."

"날이 샐 때까지 찾으면 된다."

어이가 없는지 추상화가 입을 반쯤 벌린 채 고개를 저었
다.

"말도 안 돼요. 운이 좋아서 바로 발견한다면 모를까, 그
들이 숨어 있다면 불가능한 시간이에요."

"어차피 그들은 오래 숨어 있지 않을 거다. 꼬리를 밟히기
전에 자기들의 본진으로 돌아가야 하니까. 어쩌면 이미 움직
였을지도 모르겠군."

그 말에 추상화의 눈빛이 반짝였다.

"그렇다면 전혀 불가능한 일만은 아니군요."

"한 가지 유념해야 할 점이 있다. 그들이 지닌 보따리에 아
기가 들어 있다. 아기가 다치면 안 되니 발견하더라도 함부로
접근하지 말고 우리에게 알려라."

"아기요? 그들이 아기를 납치한 건가요?"

"돌 지난 지 몇 달 된 아기다. 그 아기를 찾기 위해서 놈들
을 쫓고 있는 것이지."

그 말을 하는 북궁천의 두 눈에서 스산함과 안타까운 아픔
이 동시에 비쳤다.

추상화는 그 눈빛을 보고 더 이상 질문하지 않았다.

"정말 나쁜 사람들이군요. 알았어요. 그런 일이라면 최대한 협조하겠어요."

그 때 임강령이 조무성에게 말했다.

"자네도 좀 도와줘야겠네."

조무성은 자신의 자존심을 형편없이 구겨 놓은 자들을 도와줘야 한다는 게 마뜩치 않았다. 한밤중에 누군가를 쫓기 위해서 뛰어다니기도 싫었고.

하지만 그에게는 임강령의 말을 거절할 만한 배포가 없었다.

아마 부친이 있었어도 마찬가지였을 것이다.

"그러죠."

第二章

삼구통(三九通) 흑미당(黑尾堂)

취향루에서 파견한 사람들은 동문 쪽부터 수소문했다.

늦은 시각이었지만 사람이 전혀 없었던 것은 아니었다. 더구나 천사교 무리의 행색은 등주의 밤거리를 돌아다니는 일반적인 사람들과 조금 달랐다.

당시 하품을 하며 물을 버리러 나왔던 점소이가 제일 먼저 그들을 기억해 냈다.

"아! 그 사람들요? 저쪽으로 가던데요?"

점소이라는 직업답게 행색도 보다 정확하게 말했다.

"한 사람은 등에 보따리를 메고 있더라고요. 다른 두 사람은 검과 도를 매고 있었는데, 그중 한 사람은 키가 저보다 이

만큼 컸습죠."

두 번째로 그들을 기억해 낸 사람은, 술에 취해서 객잔 입구의 기둥을 마누라 다리처럼 붙들고 자던 취객이었다.

"꺼억, 우리 마누라가 나 잡으러 보낸 놈들인 줄 알았더니 아니지 뭐야. 근데 술 없어? 딱 한 잔만 더 마시면 좋겠는데. 그 자식들? 내가 눈을 부릅뜨고 쳐다봤더니 저쪽으로 도망가더군. 보따리 멘 걸 보니 밤손님들 같던데? 왜, 뭐 잃어버렸어? 술값 안 내고 도망간 놈들이야? 꺼어억, 이봐. 정말 술 없어?"

취객이 횡설수설하며 가리킨 곳은 등주에서 가장 복잡한 골목길이 얽혀 있는 삼구통이었다.

밤에 잘못 들어가면 뒤통수를 얻어맞고 쥐도 새도 모르게 죽는 곳. 흑도의 건달들도 혼자서는 함부로 들어가지 않는 곳.

대신 그만큼 도망자들에게는 안전한 곳이기도 했다.

여기저기서 수집된 정보는 취향루의 뒤채에 머물고 있는 북궁천 일행에게 속속 전해졌다.

일단 놈들이 등주에 들어온 것은 확실했다.

대로를 지나갔으며, 골목이 얽히고설킨 삼구통이라는 지역으로 들어간 것도 분명해 보였다.

또한 어느 곳으로도 아직 나가지 않은 상태였다.

북궁천은 삼구통을 직접 수색해 보기로 했다.

세 번 꺾어지면 길을 잃고, 아홉 번 꺾어지면 정신마저 잃는다는 곳이 삼구통이다.

그러나 길도 복잡했지만, 그보다 그곳을 지배하는 흑미당(黑尾堂)이라는 곳이 더 골칫거리였다.

가진 것이 없는 자들은 세상에 무서울 것이 없었다. 그들은 동전 한 푼 때문에 사람을 죽이는 짓도 서슴지 않았다. 자식들을 돈 몇 푼에 파는 것은 다반사였다. 심지어 소문으로만 무성한 흑점(黑店)이 그 안에 있다는 말도 있었다.

인육을 돈육처럼 파는 곳 말이다.

오죽하면 관에서 일천 병력을 투입해 삼구통의 남자들을 모조리 잡아 죽인 적이 있었다.

당시 삼백이 넘는 사람이 죽었다. 그중에는 죄 없는 사람도 많았다. 하지만 관에서는 누가 흑미당 사람인지 모르기 때문에 모두를 죽였다.

그러나 삼 년이 채 지나기도 전에 흑미당은 다시 세를 키웠다. 그들은 복수를 한다며 관의 고위직에 있는 사람들의 처자식들을 납치했다.

결국 관은 그들과 암암리에 협상하는 길을 택했다.

삼구통에서 나오지만 않는다면 무슨 일이 벌어져도 상관하지 않겠다는 합의가 이루어진 것이다.

그 후로 삼구통은 등주에서 관의 영향을 받지 않는 유일한 곳이 되었다.

등주의 밤거리에서 나름대로 힘 좀 쓴다는 취향루의 보표들도 그곳만큼은 들어가기를 꺼렸다.

북궁천은 삼구통에 대한 설명을 듣고 냉소를 지었다.

"천사교 놈들과 어울리는 곳이군."

"정말 삼구통으로 들어갈 거요?"

조무성이 찝찝한 표정으로 물었다. 임강령에게 도와주겠다고 답했으니 뒤로 빠질 수도 없었다.

장추람이 그의 말을 듣고 조소를 지었다.

"가기 싫으면 당신은 빠져도 돼."

"누가 빠지겠다고 했소?"

조무성이 발끈하며 한소리 내지르고 검을 들었다.

"똥이 무서워서 피하는 줄 아쇼? 더러워서 피하는 거지. 갑시다."

삼구통의 골목길은 여우가 아홉 개의 굴을 파 놓은 것처럼 얽혀 있었다.

흙벽돌과 판자로 대충 만들어진 집은 얽히고설켜서 어디가 입구고 어디가 출구인지 알아보기도 힘들 정도였다.

북궁천은 그 많은 집을 다 뒤져 볼 생각이 없었다.

상대는 무공을 지닌 자들. 그것도 제법 강한 자들이다. 그

들이 삼구통에 들어갔다는 건 조력자가 그곳에 있다는 말이
아니겠는가.

일단 무공을 익힌 자들을 찾다 보면 그들의 꼬리가 드러날
수밖에 없을 것이다.

아니면 흑미당이라는 족속들을 닦달할 수도 있는 일이고.

북궁천과 일행들은 그렇게 계획을 잡고 각자 다른 방향을
택해서 삼구통 깊숙이 들어갔다.

북궁천은 정면으로 걸으며 삼구통을 관통했다.

삼구통 안에서 첫 번째 반응을 보인 것은 북궁천이 오십여
장 들어갔을 때였다.

"뭐 하는 새끼인데 이 밤중에 여길 들어온 거냐?"

보란 듯이 골목길을 걷던 북궁천은 고개를 돌려 소리 난
곳을 바라보았다.

까치집처럼 흐트러진 머리카락으로 얼굴이 반쯤 가려진 장
한이 벽에 등을 기대고 앉아서 그를 바라보고 있었다.

그냥 지나치려던 북궁천은 무슨 생각이 들었는지 그에게
말을 걸었다.

"삼구통 안을 잘 아나?"

"물론 잘 알지."

"그럼 흑미당도 알겠군."

"흑미당? 그게 뭐 하는 거지? 먹는 건가?"

"말장난할 시간 없다. 흑미당 사람이든 아니든, 흑미당을

이끄는 자가 어디에 사는지는 알고 있겠지?"

장한이 이를 드러내며 피식 웃었다.

"글쎄."

"나를 그에게 안내해라. 대가는 충분히 주지."

"죽고 싶으면 너나 혼자 뒈져. 나는 가기 싫으니까."

"알고 있단 말처럼 들리는군."

"알면 어쩔 건데?"

"알고 있는 이상 너에게 다른 선택은 없다."

"크크크, 미친놈."

그 때였다.

북궁천이 서 있는 좌우 판잣집에서 네 사람이 모습을 드러
냈다. 그들의 손에는 각양각색의 무기가 들려 있고 눈에서는
살기가 번들거렸다.

그제야 장한이 일어나며 북궁천을 윽박질렀다.

"어디 누가 죽는지 볼까? 품속에 제법 많은 것이 들어 있
을 것 같은데, 전부 내놓고 간다면 목숨은 살려 줄 수도 있
지."

장한이 말을 하는 사이, 뒤쪽으로 다가오던 자들 중 하나
가 몸을 날리며 낫처럼 생긴 무기로 북궁천의 등을 찍었다.

쾅!

뭐가 어떻게 된 것인지 알 틈도 없이 달려들었던 자가 날아
가서 돌담에 처박혔다.

하지만 접근하던 자들은 조금도 두려워하지 않고 북궁천을 향해 달려들었다.

북궁천은 그들을 돌아보지도 않고 좌수를 휘둘렀다.

퍼버벅!

세 사람이 붕 날아가더니 돌담과 판자벽에 부딪친 후 널브러져서 발에 밟힌 생쥐처럼 꿈틀거렸다.

손짓 한 번으로 상황을 종료시킨 북궁천은 머리가 흐트러진 장한을 향해 우수를 뻗었다.

강력한 허공섭물에 쭉 딸려 온 장한의 목이 북궁천의 손에 잡혔다.

"하기 싫으면 안 해도 돼. 대신 나를 공격한 대가는 치러야겠지."

"끄으으으으."

"안내할 거면 눈을 깜박여라. 셋을 셀 시간 동안 답이 없으면 하기 싫다는 뜻으로 알겠다."

장한은 북궁천의 얼음처럼 차가운 눈을 보고는 상대의 말이 허언이 아니라는 걸 직감하고 안색이 흙빛이 되었다.

그사이에도 북궁천의 손에는 힘이 더욱 가해졌다.

장한은 목뼈가 부러질 것 같자 정신없이 눈을 깜박였다.

북궁천은 장한은 한쪽에 내던졌다.

"안내해."

"크으윽, 왜 당주를 만나려고……."

"찾아야 할 자들이 있다. 쓸데없는 행동은 하지 마라. 삼구통이 지옥으로 변하는 걸 보고 싶지 않으면."

안으로 이백여 장을 들어가자 축시인데도 불이 켜진 집이 보였다.

입구 근처에서 졸고 있던 자가 다가가는 북궁천과 장한을 보고 짜증을 냈다.

"너희들, 이 시간에 뭐야?"

북궁천은 그의 말에 대꾸하지 않고 앞서 걷는 장한에게 물었다.

"여기가 맞나?"

"맞습니다."

그 말에 북궁천이 앞으로 나섰다.

입구 근처에 있던 자 둘이 앞을 가로막았다.

"뭐냐고 묻잖아!"

북궁천은 개의치 않고 걸음을 옮기며 손을 털었다.

그의 가벼운 손짓에 두 사람이 붕 날아서 한쪽에 처박혔다.

뒤이어 닫힌 문을 향해 우수를 뻗었다.

쾅!

정문이 박살 나며 부서진 잔해가 집 안쪽으로 쏟아졌다.

뒤쪽에 멍하니 서 있던 장한은 벌린 입을 다물지 못했다.

'진짜 무식한 자군.'

어느 정도 예상은 했지만 진짜로 무작정 쳐들어갈 줄이야.

그는 자신의 목을 쓰다듬었다.

대항을 포기한 게 얼마나 다행인가 말이다.

"무슨 일이야?"

"어떤 새끼가 지랄을 떠는 거냐?"

"조용히 안 해!"

안쪽에서 고함이 터져 나왔다.

북궁천은 성큼성큼 걸음을 옮기며 쌍장을 휘둘렀다.

소리를 지르며 나오던 자들이 스스로 몸을 날린 것처럼 사방으로 날아갔다.

단숨에 건물 하나를 지난 그는 넓은 마당이 나오자 걸음을 멈추고 좌우를 둘러보았다.

후줄근한 사람들이 사방에서 개미 떼처럼 쏟아져 나왔다.

지금까지와는 다른 기세.

그들 중에는 제법 강한 기운을 지닌 자들도 몇 섞여 있었다.

죄를 지은 강호인들이 삼구통에서 숨어 지낸다더니 그런 자들인 듯했다.

"누가 당주냐?"

"네놈의 팔다리를 모조리 잘라 놓고 대답해 주마."

나직이 으르렁거리는 소리와 함께 세 사람이 전면에서 걸어 나왔다.

말로서는 통하지 않을 상황.

북궁천도 시간을 끌고 싶지 않았다.

"말하기 싫다면 말하고 싶게 만들어 주지."

그 때였다.

지붕 위에서 두 사람이 날아내렸다.

장추람과 냉호였다.

"주군께 무례한 놈은 죽는다!"

"살고 싶으면 묻는 말에 대답해!"

냉랭히 소리친 그들은 조금도 망설이지 않고 도검을 휘둘
렀다.

살기 가득한 폭풍이 밤하늘을 가르며 휘몰아쳤다.

"으악!"

"헉!"

"끄어억!"

동시다발적으로 튀어나오는 비명!

북궁천을 향해 다가들던 자들 십여 명이 한순간에 피를 뿌
리며 쓰러졌다.

흑미당 패거리가 아무리 지독하다 해도 상대는 북천을 휘
젓던 고수들이다.

독기와 숫자만으로 상대하기에는 힘의 격차가 너무나 컸
다.

장추람과 냉호는 마당 중앙으로 나온 자들을 모두 쓰러뜨리고도 손을 멈추지 않았다.

마치 안에 있는 자들을 다 죽여야 손을 멈출 것 같은 기세였다.

"멈춰라!"

건물 안쪽에서 다급한 외침이 들린 것은 삼십여 명이 쓰러진 후였다.

"물러서 있어라, 추람, 냉호."

북궁천의 명령이 떨어진 후에야 장추람과 냉호가 손을 멈췄다.

그 잠깐 사이에도 칠팔 명이 더 쓰러졌다.

도살이나 다름없는 싸움이 멈춘 직후 안쪽에서 십여 명이 우르르 나왔다.

그들은 마당에 펼쳐진 참혹한 광경을 보고 눈을 부릅떴다.

"네놈들은 누군데 이곳을 공격한 것이냐?"

중앙에 서 있던 중년인이 눈을 치켜뜨고 소리쳐 물었다.

북궁천이 마당의 중앙으로 걸어가며 무심한 어조로 말했다.

"그대가 흑미당의 당주인가?"

중년인의 눈빛이 거세게 떨렸다.

눈이 마주친 것만으로도 숨이 턱 막혔다.

그는 직감적으로 자신이 상대할 수 없는 자라는 걸 깨닫고 침을 꿀꺽 삼켰다.

"그렇다. 대체 왜 이런 짓을 저지른 것이냐?"

"한 가지 일만 처리해 주면 조용히 떠나겠다. 하고 안 하고는 그대의 자유다. 단, 거부하면 오늘부로 흑미당은 사라진다."

수하들을 수십 명이나 죽었다.

그런데도 아무 일 없었다는 듯 일을 처리해 달라니.

흑미당주 역주심은 어이가 없었지만 강하게 반발할 수가 없었다.

단순한 협박이 아니다. 정말 그렇게 하고도 남을 자들이다.

숨결 하나 흐트러지지 않은 채 피 묻은 칼을 들고 있는 자만 봐도 충분히 짐작이 가능한 일이었다.

'제기랄! 오늘 밤 염왕이 찾아왔군.'

마음 같아서는 수하들을 모조리 동원해서 죽든 살든 한판 벌여 보고 싶었다. 하지만 아무리 생각해 봐도 저들을 죽일 가능성이 없어 보였다.

복수를 하겠다고 죽음을 불사할 마음은 더더욱 없었고.

자신이 왜 하찮은 수하들 때문에 목숨을 버린단 말인가?

분노를 억누른 그는 조심스럽게 입을 열었다.

"뭘 처리해 달란 거냐?"

"눈치가 없는 자는 아니군."

역주심은 입술을 깨물었다.

담담한 한마디에 온몸이 짓눌렸다.

도대체 저자가 누군데 입 여는 것조차 힘들 정도란 말인가?

"오늘 밤, 삼구통에 무사 셋이 들어왔다. 그중 하나는 보따리를 메고 있다. 그들을 찾아라."

"우리가 왜 너의 말을 들어야 한단 말이냐?"

"살기 위해서."

염왕의 명령!

듣지 않으면 지옥이 펼쳐진다.

역주심의 등을 타고 식은땀이 흘렀다.

그 때 철없는 몇몇이 화를 참지 못하고 뛰쳐나갔다.

"뭐 이런 미친 새끼가 다 있어?"

"주둥이를 찢어 주마!"

냉호가 한 걸음 앞으로 미끄러지는가 싶더니 번개가 번쩍였다.

일말의 자비도 없는 살수.

뛰쳐나온 자 셋이 거의 동시에 다리가 부러진 것처럼 풀썩 꼬꾸라졌다.

쓰러진 후에야 그들의 목과 가슴에서 피가 솟구쳤다.

역주심이 더 이상 견디지 못하고 다급히 소리쳤다.

"그만! 모두 물러서라!"

　　　　　　*　　　*　　　*

　"바깥 공기가 심상치 않습니다. 흑미당 쪽에서 한바탕 소란이 벌어졌는데, 아무래도 우리를 찾고 있는 자들 소행 같습니다."

　마응초는 밖을 살펴보고 온 등주 지부의 교도에게 그 말을 듣고 눈살을 찌푸렸다.

　'빌어먹을. 젖 때문에 시간을 너무 끌었어.'

　죽을 끓이긴 했는데 아기가 도통 먹지 않았다. 별수 없이 늦은 시간임에도 산부를 찾아 나섰다.

　그런데 산부가 아기와 단둘이 있어서 오지 않으려 했다.

　어쩔 수 없이 은자 닷 냥을 내밀고 산부의 아기까지 함께 데려왔다.

　그 바람에 시간이 이각 이상 소모되었다.

　게다가 아기가 어찌나 많이 먹는지 탱탱하던 산부의 젖이 쪼그라들었을 정도였다. 당연히 그만큼 시간은 더 걸렸고.

　"아기를 보따리에 싸라. 너무 지체했어. 한두 끼 굶는다고 죽는 것도 아닌데 무슨 난리야?"

　쉰 살가량의 곰보 중년인이 마응초를 흘겨보며 짜증 난다는 투로 차갑게 말했다.

　염천마도(炎天魔刀) 구량.

호북 마도계에서 한가락 한다는 마도의 고수.

　천사교의 팔대장로와 겨뤄도 별 차이가 없을 만큼 강자로 소문난 사람이 그였다.

　그러나 독불장군 같은 성격 때문에 호연유나 사야승도 쉽게 다스리지 못했다. 그리고 그러한 이유 때문에 지원대의 책임자로서 등주로 보내진 것이기도 했다.

　마응초는 그의 말투가 마음에 안 들었지만 말없이 보따리에 아기를 집어넣었다.

　'곰보 새끼. 아기가 잘못되어도 너는 상관없다, 그거지?'

　구량이 이끌고 온 자들은 최근 들어서 천사교에 들어온 자들이었다.

　구량 외에도 모두가 강호 마도에서 절정고수로 이름을 날리는 자들.

　하지만 천사교가 정파연합에게 밀렸다면 들어오지도 않았을 터. 마응초는 그들이 마음에 들지 않았다.

　'소존께서 네놈들을 왜 보낸 줄 알아? 아기를 지키는 방패막이 역할을 하라고 보낸 거다, 이 멍청이들아.'

　마응초가 속으로 그들을 비웃는데 보따리 속의 아기가 까르르 웃으며 그의 수염을 잡아당겼다.

　'이거 놔, 인마!'

　수염에서 아기의 손을 잡아뗀 마응초는 자신도 모르게 측은한 표정으로 아기를 바라보았다.

아기가 마인 중의 마인이라는 천사교 사밀영의 마음이 흔들릴 정도로 해맑은 웃음을 짓고 있었다.

'너도 더럽게 재수 없는 놈이다.'

하지만 그는 곧 고개를 젓고 아기의 혈도를 짚은 다음 천으로 아기의 얼굴을 덮었다.

그 때 기학태가 안으로 들어와 굳은 표정으로 말했다.

"준비가 다 됐네. 출발하세."

"잠깐."

마웅초가 일어나는데, 구량이 갑자기 멈춰 세우더니 마웅초를 향해 손을 내밀었다.

"그 보따리를 이리 줘라. 아기는 우리가 데려가겠다."

"무슨 소리요?"

마웅초가 눈살을 찌푸리며 구량을 바라보았다.

구량은 독사눈처럼 생긴 찢어진 눈으로 마웅초와 아기를 번갈아 보았다.

"아무래도 너에게 맡기기에는 마음이 놓이지 않아."

"그럴 수 없소. 아기는 우리가 책임지기로 되어 있소. 잘못되면 결국 우리가 책임져야 하는데 왜 귀하에게 건네준단 말이오?"

"너희들이 맡는 것보다는 우리가 맡는 게 더 안전하다는 걸 모르나?"

"뭐라 해도 넘겨줄 수 없소."

"정말 상황 판단을 못하는 놈이군."

마웅초가 고집을 부리고 구량이 짜증을 내자 기학태가 나섰다.

"그 일은 가면서 이야기하는 게 좋겠소. 흑미당까지 뒤집어 놓은 걸 보니 보통 놈들이 아닌 것 같소. 서두르시오."

* * *

역주심은 한시라도 빨리 북궁천 일행이 떠나기를 바랐다. 그러기 위해선 그들의 부탁을 들어줘야 했다.

그는 자신의 집으로 몰려든 백여 명의 흑미당 당원들을 다그쳤다.

"자시경에 수상한 자들을 본 사람 없나?"

사람들이 웅성거렸다.

자시가 되도록 잠에 들지 않은 사람은 많지 않다. 그때까지 잠을 안 자고 있던 자들이 할 일은 두세 가지 정도.

술을 처먹든가, 아니면 애기 만드는 작업 중이든가.

그도 아니면 길을 잃고 헤매는 취객들을 노리기 위해서 골목을 서성거리든가.

얼마 지나지 않아서 한 사람이 머뭇거리며 입을 열었다.

"사통로로 지나가는 것을 본 것 같긴 합니다만……."

"정확히 기억해 봐!"

"분명 합니다. 세 사람이었는데 보따리도 메고 있었습니다."

"어디로 갔는지 알아?"

"그건 잘······."

그 때 다른 사람이 주위 눈치를 보며 말했다.

"천복점 쪽으로 간 것 같던데요?"

천복점이라면 삼구통 서쪽에 있는 점쟁이 집이다.

평소 수상한 놈들이 오가긴 했지만, 번 돈의 일부를 흑미당에 착실히 바쳐서 건들지 않았던 곳.

그런데 그 의견을 뒷받침해 주듯 체구가 왜소한 청년이 넌지시 말했다.

"저, 조금 전에 옆집 오팔이 마누라가 그곳에 갔다 오는 것 같았습니다요, 당주."

"오팔이 마누라가? 왜?"

"젖 나오는 여자가 필요하다고 해서······."

그 말이 나온 순간, 북궁천이 홱 고개를 돌려서 물었다.

"천복점이 어디 있지?"

"저쪽······ 헉!"

북궁천은 체구가 작은 장한의 등덜미를 잡아서 하늘로 솟구쳤다.

장추람과 냉호도 곧바로 땅을 박차고 어둠 속으로 날아갔다.

마당에 있던 흑미당원들은 세 사람이 순식간에 사라져 버린 곳을 멍하니 바라보았다.

지금까지 벌어진 일이 꿈만 같았다.

흑미당 본거지에서 천복점까지는 오백 장 정도 되었다.

체구가 작은 청년을 든 채 지붕 위를 달려간 북궁천은 반의반 각이 되기도 전에 천복점 앞에 내려섰다.

속이 울렁거리고 정신이 멍해진 청년은 술에 취한 사람처럼 비틀거리며 천복점을 가리켰다.

"저, 저깁니다요."

동시에 북궁천의 곁으로 장추람과 냉호가 내려섰다.

그들은 내려서자마자 천복점의 지붕을 넘어서 안으로 들어갔다.

그 직후 임강령과 철교신, 조무성이 도착했다.

장추람과 냉호의 행동을 본 그들은 대충 상황을 짐작했다.

"자네는 나와 함께 뒤로 가세."

임강령이 조무성에게 나직이 말하고 순간적으로 사라졌다.

조무성은 끈에 매달린 사람처럼 정신없이 임강령을 쫓아갔다.

북궁천은 그들의 행동에 관여하지 않고 정문을 향해 손을 저었다.

푸스스스.

도끼로 찍어도 쉽게 부서지지 않을 것 같은 두 치 두께의 나무판이 가루로 변하면서 무너져 내렸다.

그 때였다.

집안에서 고함과 비명이 연이어 터져 나왔다.

"웬 놈들이냐!"

"으악!"

"놈들을 막아!"

북궁천은 좌수 엄지로 목혼을 밀어 올리며 천복점 안으로 들어갔다.

순간, 입구의 컴컴한 천장에서 시커먼 그림자가 뚝 떨어졌다.

기다렸다는 듯 북궁천의 허리에서 뻗어 나간 한 줄기 기운이 허공을 반원으로 갈랐다.

쩡! 서걱!

검과 사람이 동시에 두 동강 나며 피가 확 퍼졌다.

그사이에도 안쪽에서는 지속적으로 비명이 들렸다.

입구를 통과한 북궁천은 회랑으로 이어진 방을 뒤졌다.

대여섯 개의 방을 뒤졌지만 안은 이미 텅텅 비어 있었다.

그 때 안쪽에서 장추람이 외쳤다.

"주군! 비밀 통로가 있습니다!"

북궁천은 장추람이 소리친 곳으로 달려갔다.

방구석의 한쪽 벽이 무너져 있고, 무너진 벽 뒤에 밑으로 내려가는 계단이 있었다.

장추람과 냉호가 그 앞에 서서 씁쓸한 표정으로 고개를 저었다.

계단 아래쪽이 완전히 무너져 있었다. 놈들이 빠져나가면서 무너뜨린 듯했다.

하지만 북궁천은 희망을 잃지 않았다.

"밖으로 나가서 서쪽을 수색한다. 비밀 통로가 끝없이 이어진 게 아니라면 어디론가 나올 것이다."

그리고 그 방향은 서쪽이 될 가능성이 높았다.

방을 나온 그들은 서쪽으로 짐작되는 방향을 향해 몸을 날렸다.

언제부턴가 하늘에서 부슬비가 떨어지고 있었다.

*　　*　　*

아기를 호위하는 사람은 사밀영 삼조 셋과 오조 열 명, 추가로 지원 나온 고수 열 명까지 총 스물셋이었다.

그들은 대여섯 명씩 짝을 지어서 비밀 통로를 빠져나갔다.

하늘에서 부슬비가 내리고 있었다. 칠흑처럼 어두운 밤거리는 비가 내리면서 음산함을 더했다.

그들은 신경을 곤두세운 채 골목길을 몇 번 꺾어지며 빠르게 이동했다.

다행히 마주치는 자들은 없었다. 수상하게 느껴지는 자들도 보이지 않았다.

간혹 술에 취해서 쓰러져 있는 취객이 보이긴 했지만, 그런 자들은 하루에도 수십 명이나 골목 여기저기에 널브러져 있어서 신경 쓸 가치도 없었다.

골목을 빠져나온 그들은 수면을 헤치고 나아가는 무자치처럼 어둠 속을 흐르며 삼구통을 벗어났다.

그들이 지나간 뒤 얼마나 지났을까.

술에 절어서 한쪽 귀퉁이에 쓰러지듯이 기대 앉아 있던 술꾼이 부스스 몸을 일으켰다.

슬쩍 고개를 돌린 그의 눈에 저만치서 어둠 속으로 사라지는 자들이 보였다.

취객은 한참 동안 곁눈질로 그들을 바라본 뒤 더 이상 삼구통에서 나오는 자가 없자 몸을 일으켰다.

좌우를 둘러본 그는 언제 취했냐는 듯 취향루로 달려갔다.

목표물을 발견하는 사람에게 주겠다고 한 은자 열 냥이 눈앞에서 어른거렸다.

'흐흐, 그럴 줄 알았다.'

아기 납치범이란 놈들이 도주할 길은 정해져 있었다. 그중 가장 가능성 높은 곳은 서쪽 길. 하기에 정칠은 처음부터 서문 쪽에 자리를 잡았다.

그런데 아니나 다를까, 부슬비가 내리는 어둠 속에서 박쥐처럼 움직이는 자들이 보였다.

상금 열 냥. 그 돈이면 한동안 돈 걱정하지 않고 지낼 수 있을 것이었다.

취향루를 향해 달려가던 정칠은 비 내리는 어둠 속에서 두 사람이 새처럼 날아내리자 화들짝 놀라서 걸음을 멈췄다.

하지만 곧 앞에 나타난 사람들이 취향루에 왔던 사람이라는 걸 알고 빠르게 입을 놀렸다.

"놈들이 서쪽으로 빠져나갔습니다요."

정칠 앞에 내려선 사람은 임강령과 조무성이었다.

비밀 통로를 통해 빠져나갔다는 말이 들리자 곧장 서쪽으로 달려온 것이다.

그는 정칠의 말이 끝나기 무섭게 좌우를 돌아보며 휘파람을 짧게 두 번 불었다.

휘익! 휘이익!

질문은 휘파람을 분 뒤에 했다.

"그들은 어느 쪽으로 갔느냐?"

"저쪽입니다."

"몇 명이나 되지?"

"스무 명쯤 되는 것 같았습니다."

"너는 여기에 있다가 사람들이 오거든 방향을 일러 주도록 해라."

"예, 대협."

임강령과 조무성이 떠나고 스물을 셀 즈음 북궁천 일행이
도착했다.

그들은 정칠에게 방향을 전해 듣고 곧장 임강령의 뒤를 쫓
아갔다.

그들이 모두 사라진 뒤, 정칠이 고개를 갸웃거렸다.

뭔가가 자꾸 마음에 걸리는데, 그게 뭔지 정확히 알 수가
없었다.

"이상하네. 내가 들었던 것과 뭔가가 다른 것 같은
데……."

第三章

추적

　임강령이 천사교 무리의 꼬리를 잡은 것은 추적을 시작한
지 이각가량 지났을 때였다.

　어둠 저만치, 수풀이 우거진 언덕을 넘어 사라지는 자들이
보였다.

　그는 비에 젖은 풀잎 위를 미끄러지듯이 날아가며 검을 뽑
았다.

　상대는 다섯. 그중 하나가 등에 보따리를 메고 있었다.

　거리는 삼십여 장. 언덕만 넘어가면 잡는 것은 어렵지 않을
듯했다.

　조무성도 검을 뽑아 들고 임강령을 따라 몸을 날렸다.

"멈춰라!"

자신이 북궁천보다 먼저 납치범을 잡게 되었다는 생각에
고무된 그가 호기롭게 소리쳤다.

임강령이 이마를 찌푸리고 그를 슬쩍 흘겨보았다.

최대한 가까워질 때까지 조용히 접근할 생각이었다. 그래
야 단숨에 잡을 수 있을 테니까.

그런데 조무성 때문에 틀려 버린 것이다.

조무성은 임강령이 쳐다보는 의미를 모르지 않았다. 하지
만 모른 척하고 언덕을 넘어갔다.

'제길, 기분을 너무 냈군.'

언덕을 넘자 달려가는 자들이 보였다.

조무성이 외친 소리 때문인지 걸음이 전보다 더 빨라져 있
었다.

풀 위를 미끄러지듯이 달려가던 임강령이 그들을 향해서
신형을 날렸다.

거리가 빠르게 줄어들었다.

추적을 떨칠 수 없다고 느꼈는지 흑의인 둘이 무기를 뽑아
들고 몸을 돌렸다.

임강령은 살수를 망설이지 않았다.

그의 검에서 뻗어 나간 검기에 부슬비가 하얀 김을 내며 사
방으로 튀었다.

쩌저정!

막강한 공력이 실린 공세가 두 사람을 뒤로 날려 버렸다.

단 일격으로 길을 뚫은 임강령은 보따리를 메고 있는 자를 향해 방향을 틀었다.

그가 일초 격돌로 멈칫한 사이 조무성이 스쳐 가며 검을 뻗었다.

흑의인 하나가 돌아서며 조무성과 맞섰다.

비가 내리는 어둠 속이다. 한 치만 삐끗해도 상대의 무기에 목숨을 맡겨야 하는 상황.

그런데도 조무성은 망설이지 않고 상대의 검과 뒤엉켰다.

따다당!

검과 검이 부딪치며 번갯불이 튀었다.

순식간에 십여 번의 격돌이 이어지는가 싶더니, 흑의인이 충격을 이기지 못하고 주춤거렸다.

조무성은 눈빛을 번뜩이며 전력을 다해서 빈틈을 파고들었다.

쉬이익!

빈틈 사이로 흐른 일검이 흑의인의 목을 훑고 지나갔다.

"커억!"

조무성은 비명을 내지르며 무너지는 흑의인을 놔둔 채 땅을 박찼다.

어느새 나머지 두 사람과의 거리가 십오륙 장으로 벌어져 있었다. 그중 하나가 보따리를 메고 있었다.

그런데 이번에는 임강령이 먼저 그들을 덮쳤다.

백리진이나 등조립만은 못해도 절대 경지에 근접한 그였다.

천사교의 일개 사밀영이 대적할 수 없는 고수.

그의 검에서 뻗어 나간 기운이 석 자 거리를 두고 상대를 휩쓸었다.

"크억!"

흑의인 하나가 일초도 받지 못하고 비명을 내지르며 쓰러졌다.

이제 보따리를 멘 자만 남은 상황.

임강령과 조무성이 그자의 퇴로를 막고 섰다.

"아기를 내놓아라. 그러면 목숨은 살려 주지."

임강령이 먼저 상대에게 조건을 제시했다.

보따리를 멘 흑의인은 의외로 당황한 표정이 아니었다.

"비켜라! 비키지 않으면 아기를 죽이겠다."

오히려 당당히 소리치며 검을 역수로 잡고 보따리에 검첨을 들이댔다.

여차하면 보따리를 찌르겠다는 듯.

천하의 임강령도 그때만큼은 긴장하지 않을 수 없었다.

"멈춰라! 아기에게 이상이 생기면 네놈은 참혹하게 죽을 것이다!"

"후후후, 죽는 게 뭐가 어때서? 천사의 종들은 죽음을 두려워하지 않는다는 걸 모르나?"

"네놈도 인간이라면 아기를 순순히 내놓아라!"

조무성이 화를 참지 못하고 버럭 소리쳤다.

하지만 흑의인의 조소만 짙어질 뿐이었다.

"크크크크, 아기가 내 손에 있는 이상 너희들은 나를 죽일 수 없을걸?"

흑의인은 임강령과 조무성을 비아냥거리며 천천히 걸음을 옮겼다.

조무성이 눈을 치켜뜨고 소리쳤다.

"멈춰!"

흑의인도 지지 않았다.

"계속 막아서면 아기의 다리를 먼저 쑤셔 버리겠다. 비켜라!"

조무성은 이를 갈면서도 흑의인이 다가가는 만큼 물러섰다.

흑의인이 죽음을 두려워하지 않고 아기를 위협하자, 임강령도 함부로 공격하지 못하고 기회만 노렸다.

세 사람이 부슬비 내리는 언덕에서 대치하고 있던 그때, 북궁천 일행이 언덕을 넘어서 임강령이 있는 곳으로 날아왔다.

하지만 그들도 흑의인이 보따리를 검으로 겨누고 있는 걸 보고 표정이 굳어졌다.

특히 북궁천은 가슴이 새카맣게 탔다.

"아기에게서 검을 떼라! 아기에게 이상이 생기면 네놈에게 지옥보다 더한 고통을 안겨 줄 것이다!"

그가 새파란 눈빛을 번뜩이며 다그쳤지만 흑의인은 그다지 겁먹은 눈치가 아니었다.

오히려 그는 이판사판이라는 듯 조무성을 몰아붙였다.

"비키지 않으면 찔러 버릴 것이다!"

조무성은 별수 없이 뒤로 주르륵 물러섰다.

그 순간, 초조한 표정으로 흑의인을 노려보던 북궁천이 눈을 치켜떴다.

"이 죽일 놈들이……!"

갑자기 그가 땅을 박차고 흑의인을 향해 날아갔다.

아무도 생각지 못한 행동!

"주군!"

장추람이 다급히 소리쳤다. 냉호와 철교신은 눈을 부릅뜨고, 임강령도 놀라서 외쳤다.

"아기를 조심하게!"

찰나의 순간에 오 장의 거리를 날아간 북궁천은 그들의 말을 듣지 못한 듯 우수를 들어 흑의인을 향해 뻗었다.

부슬비와 어둠이 허공에서 맹렬하게 휘돌며 흑의인을 덮쳤다.

그 위세가 어찌나 가공한지 흑의인은 대항할 생각도 못 한 채 눈을 부릅뜨고 몸을 떨었다.

콰앙!

어둠이 폭발하면서 흑의인의 몸뚱이가 삼 장 밖으로 날아
갔다.

"헉! 주군!"

"아기를 구해!"

"맙소사!"

사람들은 앞다투어 소리치면서도 예상치 못한 상황에 정
신을 차릴 수 없었다.

흑의인에게서 가장 가깝게 있던 조무성이 널브러진 흑의인
을 향해 달려갔다.

그가 흑의인을 밀치고 보따리를 풀어내려는데, 북궁천이
이를 으드득 갈면서 만년빙처럼 차가운 목소리로 말했다.

"아기는 놈에게 없다."

그제야 상황을 눈치챈 임강령 등이 조무성을 바라보았다.

조무성은 급히 보따리를 풀더니 아연한 표정으로 고개를
저었다.

"정말 없습니다, 임 대협."

"이, 이런……"

임강령이 당황한 표정으로 북궁천을 바라보았다.

북궁천은 서리서리 한기를 뿜어내며 허공을 노려보았다.

통천일검을 펼치면 아기에게 이상 없이 흑의인을 처리할
수 있을 듯했다.

그런데 흑의인이 매고 있는 보따리에서 아무런 기운도 느껴지지 않았다. 아기가 숨을 쉬는 이상 미세한 기운이라도 흘러야 하거늘.

그제야 속았다는 생각이 들었다.

놈들은 아기가 든 보따리와 똑같은 보따리를 만들어서 추적자를 속인 것이다.

그렇다고 해서 추적을 포기할 수는 없는 일.

북궁천은 서릿발이 쏟아지는 차가운 목소리로 명령을 내렸다.

"추적을 다시 한다. 이제부터는 보따리를 메고 있는 자가 보여도 공격을 멈추지 마라."

장추람이 흠칫하며 입을 열었다.

"하오나 주군⋯⋯."

모두가 북궁천을 바라보았다.

설마 진심은 아니겠지? 하는 눈빛이었다.

북궁천이 최대한 냉정해진 마음으로 자신의 생각을 말했다.

"놈들은 아기에게 젖을 먹이려고 산부를 구했다. 아기를 위해서가 아니었을 것이다. 아기에게 이상이 생기면 자신들이 벌을 받기 때문일 거다. 그렇다면 공격해도 아기를 해치지 못한다. 최악의 경우가 아니라면."

임강령이 느릿하게 고개를 끄덕였다.

"일리 있는 말이네. 위험하긴 해도 최소한 보따리에 아기가 들어 있는지 판단할 수는 있겠군."

장추람이 그제야 알겠다는 듯 한마디 했다.

"공격해서 아기가 있다 싶으면 멈추고, 아기가 없으면 죽여도 되겠군요."

누구나 그렇게 생각했다.

하지만 북궁천의 생각은 달랐다.

"아니. 아기가 있어도 공격을 멈추지 마라."

"예?"

"놈은 우리가 설마 아기가 있는데도 공격할 거라고는 생각 못 하고 있을 거다. 그럼 갈등하면서 잠깐 멈칫하겠지. 그때 아기에게 영향이 미치지 않도록 놈의 목이나 머리를 잘라 버려."

참으로 냉정한 말이었다.

그러나 누구보다도 속이 타들어 가는 사람이 북궁천이었다.

약간의 해가 미치더라도 아기를 찾는 게 우선이기에 그런 명령을 내리지만, 속은 이미 하얗게 재가 되어 있었다.

말을 마친 그는 자신의 마음을 보이기 싫어서 곧장 몸을 돌렸다.

아기만 찾았으면 그냥 돌아갔을 것이거늘…….

'소존, 네놈이 얼마나 멍청한 짓을 했는지 곧 알게 될 거

다.'

*   *   *

새벽 어스름이 밀려들 즈음.

야산의 소나무 숲을 무사 여섯이 달렸다.

염천마도 구량과 지원 나온 무사들로 이루어진 조였다.

등주를 나선 네 개 조 중 가장 강한 무력을 지닌 그들 역시 보따리를 멘 사람이 하나 있었다.

"빌어먹을 놈들. 잠도 자지 않고 쫓아오는군. 자기 새끼라도 되나?"

구량은 현 상황이 영 마음에 들지 않았다.

강호에서 적수를 찾기 힘든 자신이 얼굴도 모르는 놈들을 피해서 도주해야 하다니.

거기다 비까지 내려서 더 짜증이 났다.

마음 같아서는 놈들을 모조리 도륙 내 버리고 당당히 복귀하고 싶었다.

정파 놈들의 근거지와 가까운 곳만 아니어도 그렇게 했을 텐데……

'어떤 놈들이든 만나기만 해 봐라. 이 구량이 어떤 사람인지 확실하게 보여 주겠어.'

그가 살심을 갈무리하며 이를 지그시 악무는데 우측에서

따라오던 자가 물었다.

"구 형. 대체 누구의 아기인데 소존이 그렇게 신경을 쓰는 거요?"

일행 중 하나인 전혼검(戰魂劍) 원강이었다.

신양 출신인 그는 쾌검으로 유명한 절정고수였다.

나이는 마흔다섯. 각진 턱이 강인하게 느껴지는 그는 남궁세가의 장로인 남궁곽을 살해한 후 천사교로 도주하다시피 들어온 터였다.

그가 질문을 던지자 나머지 일행들도 모두 구량을 쳐다보았다.

하지만 구량조차 자세한 것은 알지 못했다.

"나도 자세히는 모르네. 다만 소존께서 중요한 싸움을 앞두고 우리를 보낸 걸 보면, 그만큼 중요하다는 말이 아니겠나?"

"구양환의 숨겨진 아들이 아닐까?"

평소 말이 없던 혈수(血手) 양곡진이 한마디 거들었다. 그는 구량과 비슷한 나이로 강호에서의 명성 역시 구량에게 뒤지지 않았다.

구량이 말도 안 된다는 투로 말하며 고개를 저었다.

"구양환이 왜 아들을 숨겨 둔단 말인가?"

"본마누라가 싫어하면 그럴 수도 있지 않겠나?"

"말도 안 되네. 구양환이 마누라 무서워서 아들을 숨겨 둔다? 그것도 고아들이 사는 곳에? 그게 말이 된다고 보나?"

"하긴 그렇군. 그럼 누구 아들이지?"

"누구 아들이든 무슨 상관입니까? 우리야 맡은 일만 해 주면 되는 거 아니겠습니까?"

키가 작고 통통해 보이는 장한이 별걱정 다 한다는 듯 말했다. 생긴 거와 달리 성격이 잔인한 그는 벽마도 동화중으로 구량을 따라서 천사교에 들어온 자였다.

구량이 그의 말에 고개를 끄덕였다.

"화중의 말이 맞네. 우리야 아기만 무사히 도착시키면 되네. 그런데 날씨가 왜 이래? 비만 안 와도 괜찮겠는데 말이야."

그 때였다.

저 앞쪽 숲에서 싸늘한 기운이 파도처럼 밀려들었다.

양곡진이 먼저 그 기운을 눈치채고 소리쳤다.

"추적해 온 놈들 같네!"

구량은 도를 뽑아 들고 살소를 지었다.

'죽고 싶다면 모조리 죽여 주지.'

한 발 앞으로 나선 그가 좌우를 향해 나직이 소리쳤다.

"철저히 자신의 자리를 지키게!"

보따리를 멘 중년인이 중앙에 섰다.

얼굴이 유난히 하얀 그는 수염도 거의 없는 데다 눈매가 날카로워서 왠지 섬뜩하게 느껴지는 인상이었다.

나머지 다섯이 중앙에 그를 두고 빙 둘러쌌다.

긴장감이 감돌며 일대가 쥐 죽은 듯이 고요해졌다.

그 때 낭랑한 목소리가 새벽의 고요를 깼다.

"저기다!"

찰나였다.

다가오던 기운이 기름에 불이라도 붙은 것처럼 거세게 피어나고, 다가오는 속도도 빨라졌다.

"온다!"

구량이 소리치며 도를 사선으로 들었다.

순간, 대여섯 명이 숲 속에서 몸을 날리며 그들을 향해 날아들었다.

제일 먼저 내려선 사람은 다름 아닌 황보청이었다.

뒤이어 검을 든 종리기진과 이조량, 태극문 제자들이 그의 좌우로 날아내리고, 천기룡을 비롯한 삼성궁 무사와 무림맹 무사 등 추적대가 좌우에서 나타났다.

우여곡절 끝에 남소에서 태극문 제자들과 만난 후 납치범에 대한 소식을 듣고 전력을 다해 달려왔다.

그런데 마침내 천사교 무리 중 일조를 찾아낸 것이다.

그들을 둘러보던 구량의 입가에 조소가 맺혔다.

숫자는 자신들보다 배도 더 되었다. 그러나 한 사람을 제외한 나머지는 새파란 청년들이었다.

"겁대가리 없는 애송이들이 죽을 자리를 찾아왔구나!"

"아기를 놓고 가라! 그럼 목숨은 살려 주마!"

황보청이 중앙의 보따리 멘 자를 보며 다그치듯 말했다.

"건방진 놈. 네놈 따위가 감히 나 염천마도의 목숨에 대해 운운하다니."

구량은 자신의 별호를 밝혀서 상대의 기를 꺾으려 했다.

그의 의도대로 황보청이 놀란 표정을 지었다.

"당신이 염천마도 구량?"

"오냐, 내가 구량이다. 지금이라도 조용히 물러가면 목숨은 구할 수 있을 거다."

하지만 황보청은 물러설 마음이 눈곱만큼도 없었다.

"아직 노망들 나이는 아닌 것 같은데, 아기를 납치하는 일에 나서다니. 제정신이 아니군, 구량!"

"뭐야? 이 찢어 죽일 놈이 감히 어디서!"

분노를 토하는 구량의 도에서 붉은빛 도기가 일렁거렸다.

천기룡이 먼저 도발하듯이 소리치며 몸을 날렸다.

"일단 놈들을 제거하고 봅시다!"

구양화와 능상악, 고원설이 그와 함께 원강과 동화중을 공격했다.

"우리가 우측을 맡겠소!"

명우와 남궁성, 지광, 제갈기도 우측으로 달려들어서 양곡진과 도평산이란 자를 상대했다.

황보청은 아기가 걱정되었지만 머뭇거릴 여유가 없었다.

"기진, 너는 나와 함께 구량을 맡자!"

종리기진에게 소리친 그는 구량을 향해 몸을 날리며 쌍권을 휘둘렀다.

움직인 것은 그가 먼저였지만 종리기진의 벼락같은 쾌검이 먼저 구량을 향해 뻗어 갔다.

쉬아악!

구량은 전광처럼 뻗어 오는 쾌검을 향해 도를 맹렬히 휘둘렀다.

"오냐, 이놈들! 네놈들의 목을 잘라 주마!"

순식간에 혼전이 벌어졌다.

구량을 비롯한 천사교 무리의 무위는 예상외로 강했다.

개개인이 강호에서 내로라하는 청년 고수 둘을 상대하면서도 크게 밀리지 않았다.

아니, 밀리기는커녕 구량과 양곡진은 미세하나마 우위를 점하고 있었다.

이조량과 태극문 제자들은 바로 싸움에 끼어들지 않았다.

그들에게 중요한 것은 적을 제거하는 게 아니라 아기를 무사히 되찾는 것이었다.

그들은 보따리를 메고 있는 자가 도망칠까 봐 신경을 바짝 곤두세우고 퇴로를 지켰다.

그렇게 격전이 점점 더 치열해져 갈 때였다.

"크흡!"

종리기진이 신음을 삼키며 물러섰다.

구량의 도가 어깨를 스친 듯 갈라진 옷자락 사이로 피가 비쳤다.

그 모습을 보고 이조량이 뛰어들었다.

"제가 돕겠습니다!"

이조량의 검은 태극문 제자들보다 한 수 위였다. 면산의 수련 이후로는 종리기진보다도 강해진 상태였다.

그가 끼어들어서 날카롭게 파고들자 구량도 마음대로 초식을 펼치지 못했다.

"이 애송이 새끼가!"

분노한 구량은 공력을 구성까지 끌어 올려서 강력하게 밀어붙였다.

그러나 패도적인 황보청의 권과 변화막측한 이조량의 검, 거기에 간간이 뻗는 종리기진의 쾌검이 조화를 이루자 거꾸로 구량의 도세가 흔들렸다.

막상막하의 격전이 벌어지는 사이 세상이 좀 더 밝아졌다.

바로 그 때, 구양화와 함께 원강을 몰아붙이던 능상악이 몸을 빼서 보따리를 멘 자를 공격했다.

태극문 제자들은 언제든 뛰어들 수 있도록 공력을 끌어 올리고 그 광경을 지켜보았다.

능상악은 수룡위사대의 대주, 절정 경지에 이른 고수였다.

그러면 보따리를 멘 자에게 어떤 식으로든 충격을 줄 수 있을 것이고, 그리되면 보따리를 멘 자도 가운데에 있지만은 못할 것이었다.

아니나 다를까 보따리를 멘 자가 당황한 듯 주춤거렸다.

능상악도 아기가 염려되어서 함부로 손을 쓰진 못했지만, 상대를 한쪽으로 몰아붙이는 것은 성공하고 있었다.

그 광경을 바라보는 태극문 제자들의 손에 땀이 찼다.

기회만 되면 언제든 달려들어서 아기를 빼앗아야 했다.

그런데 궁지에 몰린 것처럼 보이던 보따리를 멘 자가 갑자기 능상악의 검세 속으로 뛰어들었다.

능상악이 흠칫하며 멈칫한 순간, 보따리를 멘 자가 쌍장을 휘둘렀다.

퍽!

둔탁한 소리와 함께 능상악이 뒤로 튕겨 나갔다.

갑작스런 상황에 태극문 제자들의 눈이 커졌다.

"킬킬킬! 어리석은 놈. 내가 그리 만만하게 보였더냐?"

보따리를 멘 자가 검은빛이 일렁거리는 쌍장을 들어 올리며 킬킬거렸다.

정통으로 가슴을 맞은 능상악은 일어나지 못하고 버둥거렸다. 땅을 짚고 몸을 일으키던 그가 입에서 핏물을 쏟아 내며 다시 꼬꾸라졌다.

이정한은 능상악이 쓰러지자 다급히 소리쳤다.

"안 되겠다! 놈을 공격해!"

동호량과 초강이 먼저 보따리를 멘 자를 향해 몸을 날렸다. 이정한도 검을 움켜쥐고 공격에 가담했다.

"조심하시오! 그자는 흑성마수 연학도요!"

천기룡이 보따리를 멘 자의 정체를 눈치채고 경악한 목소리로 외쳤다.

보따리를 메고 있어서 제일 약할 거라 생각했던 그가 구량이나 양곡진에게 뒤지지 않는 대파산의 마두 연학도였던 것이다.

그가 펼친 장력은 흑살마장으로 마도의 십대장공 중 하나로 평가되는 절기였다.

하지만 태극문 제자들도 과거의 그들이 아니었다.

염구악을 곤욕스럽게 만들 만큼 강해져 있었고, 아기를 되찾겠다는 각오로 똘똘 뭉쳐 있었다.

세 사람이 철저히 연수합공을 하며 공격하자 연학도도 빠져나가기가 쉽지 않았다.

그 때 원강과 격전을 벌이던 구양화가 비틀거리며 물러섰다.

"으윽!"

길게 갈라진 그의 옆구리에서 핏물이 번졌다.

고통으로 일그러진 얼굴.

옆구리를 움켜쥐고 검을 늘어뜨린 그의 눈빛이 은은한 두려움으로 물들었다.

"구양 형, 물러서시오!"

천기룡과 함께 동화중을 상대하던 고원설이 구양화를 구하기 위해 황급히 몸을 날렸다.

그러나 간발의 차이로 동화중의 끝이 휘어진 기형검이 구양화의 어깨를 갈라 버렸다.

"크억!"

비명을 내지른 구양화가 검을 떨어뜨리고 주저앉았다.

그나마 고원설이 적시에 원강을 막아서 목이 잘리는 것만은 면할 수 있었다.

그사이 천사교 쪽에서도 부상자가 나왔다. 명우와 남궁성의 협공을 받은 도평산이 팔이 반쯤 잘린 것이다.

얼굴이 악귀처럼 일그러진 도평산은 그래도 기가 죽지 않고 욕설을 퍼부었다.

"크윽! 이 빌어먹을 놈들이……!"

남궁성이 기회를 놓치지 않고 전력을 다해서 도평산에게 살수를 펼쳤다.

도평산의 가슴이 길게 갈라졌다.

그는 그 와중에도 반격을 펼쳐서 남궁성의 어깨를 갈랐다.

"윽!"

"남궁 도우!"

놀라서 소리친 명우가 전력을 다한 일검으로 도평산의 심장을 꿰뚫었다.

마침내 팽팽하던 격전에 금이 가기 시작했다.

아직 어느 쪽이 유리하다 말할 순 없었다.

하지만 격변의 상황이 벌어지는 것은 한순간일 터, 어느 누구도 마음을 놓지 못했다.

그 때 천기룡의 검이 동화중의 어깨와 가슴을 훑고 지나갔다.

검의 위력은 구양가만 못해도 신법에 관한 한 천하에서 첫째 둘째를 다투는 비룡가였다.

동화중과 실력 차이는 크지 않았으나 신법의 우세가 승부를 결정지은 것이다.

도평산이 죽고 동화중마저 부상을 당하자 구량이 악을 썼다.

"연가야! 놈들을 떨치고 이곳을 빠져나가!"

그 소리를 듣고 양곡진이 먼저 전력을 다해서 쌍수를 휘둘렀다.

도평산이 쓰러진 이상 명우와 남궁성마저 자신을 공격할지 몰랐다. 그 전에 결단을 내려야 했다.

쏴아아아!

핏빛 장영이 허공에 퍼지며 제갈기와 지광을 뒤덮었다.

떠더덩!

연이어 굉음이 터져 나왔다.

제갈기와 지광이 충격을 이기지 못하고 비틀거리며 물러섰다.

양곡진은 그 틈을 이용해서 신형을 날리고는 연학도를 공격하고 있는 태극문 제자들을 덮쳤다.

태극문 제자들이 강해졌다 해도 마도의 절정고수 둘을 상대하기에는 무리였다.

삼초 만에 동호량과 초강이 내상을 입은 듯 창백해진 얼굴이 되어서 주춤거렸다.

두 사제가 부상을 당하자 이정한도 일단 물러서면서 양곡진의 공세를 피했다.

그 틈을 이용해서 연학도가 땅을 박차고 몸을 날렸다.

"놈을 쫓아!"

황보청이 악을 쓰듯이 소리쳤다.

그러나 양곡진이 앞을 막는 바람에 태극문 제자 중 이정한만이 겨우 연학도를 쫓을 수 있었다.

대신 제갈기와 지광이 연학도를 쫓는 일에 가세했다.

하지만 도주하기로 마음먹은 연학도를 잡기는 쉬운 일이 아니었다.

더구나 양곡진이 연학도의 뒤를 따라가며 제갈기와 지광을 견제해서 이정한만이 쫓아가는 형국이었다.

황보청 등은 마음이 급해졌다.

그들의 목표는 아기였다. 그런데 연학도가 아기가 든 보따리를 메고 도주하자 마음이 그쪽으로 기울었다.

그들은 연학도를 쫓기 위해서 구량과 원강에 대한 공세를 늦추었다.

구량과 원강이 그 틈을 이용해서 몸을 뺐다.

황보청과 종리기진, 이조량, 천기룡, 고원설은 기다렸다는 듯 그들의 뒤를 쫓았다.

구량과 원강은 놓치더라도 아기가 든 보따리는 반드시 뺏어야 했다.

쫓고 쫓기는 추격전이 삼백 장 이상 이어졌다.

양곡진이 간간히 손을 쓰며 방해하는 통에 제갈기와 지광이 멈칫거렸다.

황보청 등도 구량과 원강을 견제하느라 거리를 좀처럼 줄이지 못했다.

연학도를 가장 가까이 쫓아가는 사람은 이정한이었다.

이정한은 혼자서는 상대가 안 된다는 걸 알면서도 걸음을 늦추지 않았다.

연학도가 매고 있는 보따리 속에서 뭔가가 움직이고 있었다. 크기로 보나 뭐로 보나 아기인 것이 분명했다.

그 모습을 본 그는 멈출 수가 없었다.

그는 거리가 좀처럼 좁혀지지 않자 욕을 퍼부으며 연학도의 심기를 건드렸다.

"이 개자식아! 네놈은 자식도 없냐! 남자 새끼면 도망가지만 말고 나와 한번 싸워 보자!"

두어 번 더 도약해서 십 장을 나아간 연학도가 왼발로 땅을 짚고 빙글 몸을 돌렸다.

"오냐 이놈! 죽고 싶다면 죽여 주마!"

눈을 치켜뜬 그는 검은빛이 일렁거리는 쌍장을 들어서 이정한을 향해 뻗었다.

흑살마장의 극악한 장력이 허공을 격한 채 파도처럼 밀려갔다.

이정한과 그와의 거리는 칠팔 장 정도. 더구나 이정한은 한 걸음에 이삼 장을 나아가던 중이었다.

거리가 급격히 가까워지자 연학도의 장세에 가슴이 묵직해졌다.

하지만 이정한은 피하지 않고 이를 악물고서 연학도의 공세에 정면으로 맞섰다.

숲이 코앞이었다. 그 속으로 도망치기 전에 어떻게든 연학도를 잡아 두어야 한다. 다른 사람들이 도착할 때까지는.

떠더덩!

이정한의 검과 연학도의 흑살마장이 뒤엉켰다.

연학도의 격공 장력에는 바위를 부술 정도의 위력이 실려 있었다. 다섯 자가량 떨어진 상태에서 격돌했는데도 이정한은 검을 쥔 손이 얼얼했다.

연학도는 전력을 다해서 빠르게 삼장을 쳐 내고는, 주춤거리는 이정한의 가슴으로 뛰어들었다.

이정한은 급히 검을 연달아 찌르며 연학도의 접근을 막았다.

그러나 전력을 다한 연학도를 혼자서 상대하기에는 아직 무리였다. 게다가 아기 때문에 검을 함부로 펼칠 수 없으니 상대하기가 더욱 어려웠다.

퍼벅!

결국 연학도의 장력에 어깨와 가슴을 얻어맞은 그는 정신없이 이 장을 물러섰다.

연학도는 다른 사람들이 달려오자 몸을 돌렸다.

이를 악물고 중심을 잡은 이정한이 연학도를 향해 신형을 날렸다.

"어딜 가, 개자식아! 네놈은 분명 개새끼 다리 사이에서 나왔을 거다!"

"끈질긴 놈! 오냐, 일단 네놈부터 죽이고 봐야겠다!"

연학도는 살광을 뿜어내며 이정한을 향해 쌍장을 휘둘렀다.

내상을 입은 이정한은 죽기를 각오하고 연학도에게 달려들었다.

내상이 심한 듯 입가에서 피가 흘러나오는데도 손을 멈추지 않았다.

'놓치면 안 돼!'

일행들이 이십여 장 거리까지 다가온 상태. 조금만 더 버티면 될 듯했다.

그러나 의욕만으로는 한계가 있었다.

퍼벅!

검세를 파고든 연학도의 장력이 그를 두들겼다.

"크억!"

가슴에 뭉쳐 있던 핏덩이가 입에서 분수처럼 뿜어졌다.

뒤로 일 장 이상 날아간 이정한은 떼굴떼굴 서너 바퀴 구른 다음에야 바닥을 짚고 상체를 세웠다.

"사형!"

"물러서십시오!"

멀리서 동호량과 초강이 외치는 소리가 들렸다.

그도 물러서고 싶었다. 그러나 아직은 아니었다.

'놈이 숲 속으로 들어가면 그만큼 잡기가 더 어려워져!'

그는 검으로 땅을 짚고 몸을 일으켰다.

팔다리가 후들후들 떨렸다.

그 상황에서도 그는 입에서 피를 튀기며 욕설을 퍼부었다.

"이 고자 새끼야! 너는 분명 남자 새끼도 아닐 거다! 어디 자신 있으면 한번 나를 죽여 봐라!"

몸을 돌리던 연학도가 이글거리는 눈으로 그를 노려보며 두 손을 들었다.

흑살마장을 끌어 올린 그의 손이 손목까지 시커멓게 변했다.

감히 자신이 가장 듣기 싫어하는 말을 하다니.

도망치기 전에 이놈만큼은 반드시 죽이리라!

"심장을 으깨서 죽여 주마!"

이정한은 그의 얼굴을 보고 그냥 해 본 말이지만, 사실 그는 남자의 능력을 상실한 지 오래였다.

마도의 십대장공 중 하나인 흑살마장을 익힌 대가로 남자를 잃은 것이다.

어쩌면 그러한 이유 때문에 그의 성격이 더욱 악독해진 것일지도 몰랐다.

연학도가 분노의 불길을 뿜어내며 다가오자 이정한은 비틀거리며 뒤로 물러났다.

동료들이 바로 뒤까지 쫓아왔다. 한 번의 공격만 막아 내면 될 것 같았다.

그 때였다.

"죽어라, 이놈!"

연학도가 성큼 걸음을 내디디며 우수를 뻗었다.

시커먼 장력이 밀려들면서 숨이 콱 막혔다.

억지로 검을 들어서 막아 봤지만 쩡! 하는 소리와 함께 검이 손에서 벗어났다.

이번에는 연학도의 좌수가 날아들었다.

이정한은 남은 공력을 모조리 좌수에 모아서 방어하며, 조금이라도 충격을 줄이기 위해서 혼신의 힘을 다해 뒤로 몸을 날렸다.

쾅!

두 사람의 좌수가 정면으로 맞부딪친 순간, 이정한이 입에서 피를 뿜으며 뒤로 날아갔다.

좌수에서 아무런 느낌도 들지 않았다. 고통도 없었다. 왼손이 없는 것만 같았다.

머릿속이 하얗게 빈 그의 정신이 아득해질 즈음, 다시 한 번 연학도의 장력이 날아들었다.

일행은 구량 등에게 막혀서 아직 도착하지 못한 상황.

'이제 죽는가?'

문득 그런 생각이 들었다.

그런데 정신을 잃기 직전, 귀에 익은 목소리가 귀청을 파고들었다.

"멍청하긴!"

그 직후 연학도 앞에 한 사람이 환영처럼 나타났다.

뒤이어 터져 나온 굉음.

쾅!

연학도는 보이지 않는 벽에 부딪친 사람처럼 뒤로 튕겨서 정신없이 물러섰다.

"크윽, 웬 놈이……?"

그의 앞에 거짓말처럼 한 사람이 나타나 있었다.

큰 키, 두 손을 늘어뜨린 채 우뚝 서 있는 모습이 거악처럼 느껴지는 청년.

북궁천이었다.

연학도는 터지기 직전의 화산처럼 끓어오르는 북궁천의 눈빛과 마주치자 목소리가 기어 들어갔다.

'무슨 놈의 눈빛이 저렇게 생겼어?'

쫓아오던 사람들 중 몇 사람이 그를 알아보고 소리쳤다.

"대형!"

"단 형!"

그 때 앞서서 달려오던 양곡진이 북궁천의 등을 향해 날아가며 귀혈장을 펼쳤다.

북궁천이 느릿하니 고개를 돌리더니 날아드는 양곡진을 향해 우수를 쭉 뻗었다.

건곤패력장의 천지를 뒤집는 장세가 양곡진을 덮쳤다.

콰앙!

머리가 풀어 헤쳐진 양곡진이 정신없이 뒤로 물러나서 아연한 표정으로 북궁천을 응시했다.

"뭐 이런 개 같은 일이……."

북궁천은 그를 상대하지 않고 연학도를 향해 걸음을 옮겼다. 그의 관심은 온통 연학도의 등에 있는 보따리였다.

보따리 속에서 아기가 움직이고 있었다. 다른 자들에게 신경 쓸 겨를이 없었다.

연학도는 북궁천의 기세에 밀려서 주춤거리며 뒤로 물러났다.

"네, 네놈은 누구냐?"

북궁천은 대답 대신 검을 뽑았다.

이런저런 대꾸는 득이 되지 않았다. 놈이 아기를 이용하기 전에 끝내야 했다.

"그놈은 내가 맡을 테니 어서 가!"

구량이 날아오며 소리쳤다.

바로 그 때!

쉬아아악!

소름 끼치는 소리와 함께 허공이 갈라지며 한 줄기 번개가 구량의 머리 위로 떨어졌다.

"헉!"

대경한 구량이 몸을 틀었다.

삼 장 허공에서 한 사람이 떨어져 내리고 있었다.

거대한 체구, 장추람이었다.

이를 악문 구량은 급히 도를 휘둘러서 장추람의 공격을 막았다.

쩌저정!

귀청을 찢는 충돌음과 함께 구량의 몸이 한쪽으로 튕겨 나갔다.

뒤이어 임강령과 조무성, 냉호, 철교신이 숲 속에서 날아와 연학도의 퇴로를 막았다.

연학도의 표정이 거세게 흔들렸다.

조금 전의 애송이들과는 질적으로 달랐다. 하나하나가 자신보다 약한 자가 없었다.

당황한 그는 최후의 방법으로 아기를 이용했다.

"물러서! 막으면 아기가 다친다!"

그가 좌우를 둘러보며 소리쳤다.

잠깐이지만 시선이 북궁천에게서 떨어졌다.

북궁천은 그 기회를 놓치지 않고 묵혼을 들어 연학도를 가리켰다.

묵혼의 검첨으로 북천명왕공이 뭉쳤다 싶은 순간!

'가라!'

번쩍!

한 줄기 시커먼 번개가 빗살처럼 뻗어 나갔다.

검강탄!

삼대패천검 중 가장 강한 통천일검이었다.

퍽!

좌우를 둘러보던 연학도가 멈칫하더니 부르르 몸을 떨었다.

그의 이마에 손가락 굵기의 핏빛 반점이 새롭게 생겼다. 그리고 곧 그 반점에서 피가 흘러내렸다.

"어……?"

자신이 당했다는 걸 믿을 수 없는지, 입을 쩍 벌린 연학도가 스르르 주저앉았다.

　　임강령이 재빨리 몸을 날려서 연학도가 넘어지는 걸 막고, 반사적으로 뒤따라간 조무성이 그의 등에서 보따리를 떼어 냈다.

　　안에서 아기의 꿈틀거림이 느껴졌다.

　　"아기가 있습니다!"

　　밝은 조무성의 목소리에 곁으로 다가온 사람들이 모두 안도의 표정을 지었다.

　　한편, 연학도의 어이없는 죽음은 구량과 양곡진, 원강의 기세마저 꺾어 버렸다.

　　칠팔 초가 지나갈 무렵 장추람의 검이 구량의 허리를 반쯤 갈라 버렸다.

　　양곡진과 원강은 도주하려 했지만, 이를 갈고 있는 황보청 일행의 분노를 피하지 못했다.

　　"사형!"

　　제일 늦게 도착한 동호량과 초강은 이정한에게 달려갔다.

　　이정한은 입 주위와 가슴이 온통 피로 범벅된 상태였다. 그런데도 뭐가 그리 좋은지, 정신을 잃었으면서도 웃음 띤 표정이었다.

　　그들이 이정한의 부상을 살피고 있을 때, 임강령이 보따리 속에서 아기를 꺼냈다.

그는 얼굴이 벌건 아기를 살펴보더니 아혈을 풀어 주었다.

"악랄한 놈들. 몸이 약한 아기의 혈도를 짚다니."

"으아아앙!"

아혈이 풀린 아기가 울먹거리더니 세차게 울음을 터트렸다.

만 하루 동안 쉬지도 못하고 추적에 나섰던 사람들은 그 울음소리를 듣자 몸이 축 처졌다.

드디어 추적이 성공적으로 끝나고 아기를 구한 것이다.

"어이구, 그놈. 울음소리 한번 우렁차네. 하하하하."

웃음을 터트린 임강령이 아기를 북궁천에게 건넸다.

"받게, 다행히 큰 이상은 없는 것 같군."

아기를 건네받는 북궁천의 손이 잘게 떨렸다.

'진아야.'

第四章

내 인상이 뭐가 어때서?

　중상을 입었던 능상악은 결국 정신을 차리지 못하고 숨을
거두었다.
　구양화는 허리와 어깨에 깊은 상처를 입은 채 목숨이 위험
한 상태였고, 이정한은 내상이 깊긴 해도 다행히 목숨에는 지
장이 없었다.
　그 외에도 대부분이 가볍지 않은 내외상을 입었다.
　상대가 마도에서 내로라하는 절정고수라는 걸 생각하면
그나마 그 정도에서 그친 것도 다행이 아닐 수 없었다.

　북궁천은 일단 부상자들을 치료하기 위해서 내향으로 갔

다.

정파연합 무사들이 대부분 빠져나간 내향에는 무사들이 백여 명밖에 남아 있지 않았다.

그나마도 반은 석검장의 무사였고, 나머지는 부상자거나 뒷정리를 위해 남은 삼성궁 사람들이었다.

삼성궁 사람들은 구양화가 중상을 입고 돌아오자 부랴부랴 의원을 구하고 법석을 떨었다.

정파연합 쪽 사람들은 석검장에 머물며 부상을 치료하기로 했지만, 북궁천은 석검장에서 제공하는 거처를 거부하고 객잔에 방을 잡았다.

그러고는 아기를 돌봐 줄 여인을 구해 놓고 이정한의 내상을 다스렸다.

그가 진기요상법으로 내력을 다스린 지 한 시진이 지나서야 이정한이 정신을 차렸다.

왼쪽 손은 뼈에 이상이 있는지 퉁퉁 부어서 일단 부목을 대 움직이지 못하게 했다.

대충 치료가 끝나자 북궁천이 이정한을 다그쳤다.

"안 되겠다 싶으면 일단 물러서야지, 상대가 안 되는 줄 알면서 덤비면 어떡하겠다는 거냐?"

이정한은 창백한 얼굴로 빙그레 웃었다.

상대는 마도의 절정고수 흑성마수 연학도였다.

자신이 생각해도 무리한 감이 없지 않았지만 후회하지는

않았다. 아마 똑같은 경우가 다시 생긴다 해도 망설이지 않고 같은 선택을 할 것이다.

덕분에 아기를 무사히 구했지 않은가 말이다.

그것만으로도 부상에 대가는 충분했다.

"아기는 괜찮습니까?"

"아직 특별한 이상은 없는 것처럼 보인다. 그래도 계속 지켜봐야겠지. 아무래도 내가 고수들의 싸움 중앙에 있었으니까."

"호량이와 초강은 어떻습니까?"

"두 아우는 내상이 심하지 않아서 이삼 일이면 나을 거다. 기진이도 심한 상처는 아니고. 다른 사람 신경 쓰지 말고 네 걱정이나 해."

이정한은 머쓱하게 웃으며 성한 손으로 머리를 긁적였다.

방을 나온 북궁천은 아기가 있는 방으로 갔다.

아기는 유모로 데려온 여인이 먹여 준 죽을 실컷 먹고 잠들어 있었다.

그가 잠들어 있는 아기를 내려다보고 있는데 임강령이 들어왔다.

"잘 자는군."

"아기도 지쳤겠지요."

임강령은 아기를 지그시 내려다본 뒤 한쪽에 있는 의자에 앉았다.

북궁천이 맞은편에 앉자 그가 입을 열었다.

"총군사가 서평까지 공격해서 천사교 놈들을 상남으로 몰아냈다고 하네."

"잘됐군요. 소존이라는 자는 어떻게 되었습니까?"

"그는 서평에 없었다고 하네. 상황이 좋지 않은 걸 알고 미리 상남으로 내뺀 것 같다고 하더군."

"역시 여우 같은 놈이군요."

"궁주는 이제 어떻게 하실 건가?"

"구양환은 아기를 끝까지 지키지 못했습니다. 그것으로 약조는 파기되었습니다."

"그 점은 나도 인정하네."

"내주지 않고 버티다 아기를 위험한 지경에 빠뜨린 걸 생각하면, 당장 쫓아가서 그 일에 대한 책임을 묻고 싶은 게 제 마음입니다."

임강령의 입가에 쓴웃음이 떠올랐다.

"내 어찌 궁주의 마음을 모르겠나?"

"설마 이 상황에서 제가 도와주길 바라는 건 아니겠지요?"

"나도 그런 부탁을 한다는 게 염치없다는 걸 모르진 않네. 그래도 당분간만 도와주게나. 놈들의 주력을 무너뜨릴 때까지만이라도."

"하하하하, 임 대협께선 제가 누군지 잠시 잊으셨나 보군요. 아마 북천에서 이런 일이 벌어졌다면 당장 삼성궁을 피로 씻어 버렸을 겁니다."

"궁주."

"지금 참고 있는 것도 그나마 임 대협과 유 원주 같은 분들이 계시기 때문입니다. 자꾸 말씀해 보셔야 눌러놓았던 분노만 살아나니 그 이야기는 그만하시지요."

임강령도 그쯤에서 물러났다.

아기를 되찾은 지 하루도 지나지 않았다. 아직 감정이 냉정하게 가라앉기에는 시간이 부족했다.

"언제 상남을 공격할지 모르니, 나는 이제 그곳으로 가 봐야 할 것 같군. 언제라도 마음이 있으면 연락 주시게."

조무성도 그를 따라가기로 했다. 이 기회에 천사교와 싸우면서 가슴에 쌓인 자괴감을 털어 버리기로 적정한 것이다.

"가실 때 황보 아우와 종리 아우도 데려가십시오. 어차피 저는 정한이 낫는 대로 떠날 것이니까요. 가시거든 유 원주께도 저에 대해선 미련을 버리라고 말씀해 주십시오."

북궁천의 단호한 대답에 임강령은 착잡한 표정으로 자리에서 일어났다.

"그렇게 전하지. 그럼 쉬시게나."

북궁천은 임강령이 나간 방문을 차갑게 식은 눈으로 한참 동안 바라보았다.

'진아를 납치한 죄를 천사교에 반드시 물을 것이다. 하지만 그 일은 당신들 뜻에 따르는 게 아니라 온전히 나의 뜻으로 하게 될 것이다. 나만의 방식대로.'

그는 식은 차를 한입에 털어 넣고 자리에서 일어났다.

그 때 뒤에서 아기의 울음이 들렸다.

"으아아앙!"

북궁천은 허둥지둥 일어나서 아기에게 갔다.

"어이구, 이 녀석. 왜 벌써 깬 거냐?"

그는 아기를 안고 흔들어 주었다.

다른 사람들이 그렇게 하면 아기가 울음을 멈추곤 했다. 처음 해 봐서 어색했지만, 아기 울음 멈추게 하는 일이 뭐 어려울까 싶었다.

그러나 아기는 쉽게 울음을 그치지 않았다.

"진아야, 내가 누구게?"

"으아앙!"

"내가 네 아버지다. 북천의 주인, 마제 북궁천. 하하하하! 잘 기억해 두도록 해라, 알았지?"

"으아아아앙!"

"어허, 계속 울면 호랑이 나온다? 음산의 호랑이가 얼마나 무서운지 모르지?"

"으아아앙!"

이렇게 해 보고 저렇게 해 봤지만 아기의 울음은 그치지 않

았다. 조금 줄어드는가 싶으면 또 울고, 잠시 멈춰 서 안도하
면 또 울고.

"이 녀석이 왜 이러지? 또 배가 고픈가? 싼 것 같진 않은
데? 혹시 아픈 것 아냐?"

시간이 가면서 북궁천의 방 안을 오가는 동작도 빨라졌다.

아기의 울음도 더욱 커졌다.

"으아아앙!"

"인마, 그만 좀 울면 안 되냐? 대체 왜 그러는 거냐? 말을
해야 알 수 있지. 답답해 죽겠군."

그 때 철교신이 방문을 열고 안으로 들어왔다.

"아기가 왜 그렇게 울어 댑니까?"

"글쎄, 나도 모르겠다."

"제가 한번 안아 볼까요?"

"그래 볼래?"

계속 우는 바람에 어쩔 줄 몰라 하던 북궁천이 아기를 철
교신에게 넘겼다.

무뚝뚝한 철교신의 표정을 보고 더 크게 울지 않을까 걱정
되었지만, 오랫동안 아기의 울음을 듣다 보니 조금은 지친 마
음도 없지 않았다.

그런데 철교신이 건네받자마자 아기가 거짓말처럼 울음을
멈췄다.

"빠아아, 엄……."

"울다가 지쳤나 봅니다, 주군. 소군께서 주모님이 보고 싶은가 봅니다."

"후우, 다행이군. 이리 줘. 눕혀 놓게."

북궁천이 안도하며 손을 뻗었다.

아기가 다시 북궁천의 손으로 넘어갔다.

"으아아앙!"

아기가 다시 울음을 터트렸다.

"뭐, 뭐야? 왜 또 울어?"

"이리 줘 보십시오."

철교신이 뺏다시피 아기를 안고 고개를 도리도리 저었다.

아기가 울음을 그치고 철교신을 빤히 바라보았다.

북궁천은 어이가 없는 한편으로 은근히 약이 올랐다.

왜 자신이 안으면 울고, 저 무뚝뚝이 철교신이 안으면 안 운단 말인가?

사람 차별하는 것도 아니고.

'자식, 아직 내가 제 아버지라는 걸 모르니까 그러나 보군.'

그가 뚱한 표정으로 아기를 노려보는데 유모가 들어왔다.

"아기가 운다고 해서 왔습니다. 제가 볼 테니 이리 주세요."

유모는 북궁천과 철교신의 눈치를 보면서 손을 뻗었다.

철교신은 주기 싫은 표정으로 아기를 건넸다. 무뚝뚝해서 감정이 없을 것 같은 철교신이 그런 표정을 짓는 게 신기할 지경이었다.

북궁천은 아기가 유모에게 넘어간 후로도 울지 않자 이상한 생각이 들었다.

"유모, 내가 안으면 아기가 울고 교신이 안으면 안 우는데, 왜 그런다고 생각하시오?"

아기를 어르고 있던 유모가 무심결에 말했다.

"그야 저분 인상이 더 유순하게 보여서…… 아니, 저, 꼭 그런 게 아니고…… 아기도 저분이 자기와 닮아서 좋아하는 것이 아닌지……."

유모가 뒤늦게 말을 얼버무리며 눈치를 봤다.

북궁천은 어이가 없다는 듯 웃음을 지었다.

"하하하, 그 녀석. 저 바윗덩이 같은 교신의 얼굴이 더 마음에 드나 보군. 그럼 진아를 부탁하겠소."

"예, 나으리."

"교신, 우린 나가자. 사객이 올 때가 됐는데 늦는군."

북궁천은 담담한 표정으로 철교신을 몰고 방을 나섰다.

방을 나선 후에야 북궁천이 못마땅한 표정을 지었다.

'아니, 내 인상이 뭐가 어때서?'

*　　　*　　　*

"총군사! 아기를 되찾았답니다."

"휴우우우."

천종원의 보고를 받은 유원당은 의자 깊숙이 등을 묻고 안도의 숨을 길게 내쉬었다.

아기가 천사교 무리로 보이는 자들에게 납치되었다는 소식을 듣고 암담했다.

서협의 승리를 바탕으로 천사교 무리를 상남까지 밀어내고 서평을 되찾았다.

이제 겨우 전세를 뒤집을 기틀을 마련했는데, 이 상황에서 북궁천이 등을 돌리면 최악이었다.

겉으로는 침착함을 보였지만 속은 위장에 바위가 들어찬 것처럼 답답했다.

하루가 십 년처럼 느껴질 지경. 피가 말랐다.

그는 그 와중에도 만약의 경우를 대비했다.

절대 그런 일이 벌어지지 않길 바라면서.

그런데 아기를 되찾았다고 하자 긴장이 풀리면서 몸이 축 처졌다.

"그는 어디에 있는가?"

"내향에 있다고 합니다."

아기를 본인이 구한 이상 구양환과의 약조는 끝났다고 봐야 했다.

아기를 데리고 그냥 돌아갈까?

그럴 가능성이 높다.

아기를 데리고 다니며 싸우진 않을 테니까. 아기를 인질로 삼은 정파연합을 위해 나서 줄 리도 없고.

오히려 구양환은 물론 자신들에게까지 칼을 들이대지 않을까 걱정해야 할 판이다.

최악은 면했지만 특별히 좋아질 것도 없는 상황.

유원당은 그쯤에서 북궁천의 도움에 대한 기대를 접었다.

아쉽지만 어쩔 수 없었다.

천사교 무리와의 전쟁이 절정을 향해 치닫고 있었다. 서협에서 큰 피해를 본 이상 천사지존도 더 이상 뒤에서 보고만 있진 않을 터. 잠시도 한눈을 팔 수 없는 상황인 것이다.

마음을 정리한 유원당은 굳은 표정으로 허리를 세웠다.

"비룡가의 가주님을 뵙고 드릴 말씀이 있으니 조용히 만나자 전해 주게."

"가주 형님을 말입니까?"

유원당은 천천히 고개를 끄덕이고는 말을 이었다.

"그리고 천무회와 무림맹, 백검회, 철군성의 대표를 한 사람씩 모셔 오게. 삼성궁은 검신가의 구양은 장로와 선우 가주를 모셔 오고."

천종원은 이상한 생각이 들었다. 각 세력의 대표를 말하는데 구양환이 빠져 있는 것이다.

"궁주님은……?"

"구양 궁주 문제 때문에 대표들을 모셔 오라는 거네."

별원의 거처에 있던 구양환은 북궁천이 아기를 구했다는 소식을 듣고 두 주먹을 움켜쥔 채 이를 악물었다.

아기를 구한 것은 다행이었다. 자신에게 화풀이하겠다고 날뛸 가능성이 그만큼 적어질 테니까.

그렇다고 해서 마음 놓고 있을 수만은 없었다. 상대가 마제인 것이다.

'아기를 생각해서라도 감정대로 행동하진 못하겠지.'

마음을 진정시킨 그는 고개를 들어 사용화에게 물었다.

"우경이는 지금 어디에 있느냐?"

"그게 저…… 아기를 찾겠다며 수룡위사대원들과 함께 돌아다니고 있다 합니다."

"바로 데려올 것이지, 왜 놔두고 있단 말이냐?"

"사람을 보냈으니 곧 궁으로 모실 것입니다. 너무 걱정하지 마십시오, 궁주."

"썩을 놈. 이 애비 체면을 얼마나 더 깎아 먹겠다는 것인지, 원……."

구양환은 자신도 모르게 욕을 내뱉고는 나직이 물었다.

"그 아이 상태는 어떠하다더냐?"

사용화가 슬쩍 구양환의 눈치를 보고 답했다.

"그렇게 좋은 편은 아닙니다. 보고된 바로는, 아기가 납치당한 후부터 이전으로 돌아간 것처럼 보인다고 합니다."

구양환의 꾹 다문 입술이 잘게 떨렸다.

처음에는 치료를 위해서 구양우경을 궁으로 옮겼다. 영약과 뛰어난 의원을 초빙해서 전심전력으로 치료한 덕에 겨우 앉은뱅이는 면했다.

그런데 구양우경은 제정신이 아닌 상태에서도 아기만 계속 찾았다. 구영환은 그 말을 듣고, 어느 정도 몸이 괜찮아진 구양우경을 몰래 아기가 있는 곳으로 보냈다.

놀랍게도 구양우경은 아기가 있는 곳에 도착하자 정신적으로 안정을 찾아 갔다.

구양환은 아들이 안정되고 있다는 소식을 듣고 착잡한 와중에도 마음이 놓였다.

하지만 아기가 북궁천의 손에 들어갔으니 또다시 제정신이 아닌 아들을 마주해야 할 판이었다.

"다른 아기를 구해 보라고 해라. 비슷한 아기를 안겨 주면 마음이 안정될지도 모르니까."

"저, 잘못하면 저번과 같은 경우가 발생할지도 모릅니다, 궁주."

농원에는 헌원려려의 아기만 있던 게 아니었다.

다른 고아 아기가 하나 더 있었다. 유모가 두 아기에게 젖을 주었는데, 구양우경이 그 아이를 지팡이로 내리쳐서 팔이 부러지는 사건이 벌어진 적이 있었다.

당시에는 고아들만 있고 포원산장 관할이어서 유야무야 넘어갔지만, 만약의 경우 다른 사람 앞에서 그런 일이 벌어지면 문제가 커질 수밖에 없었다.

"방법을 찾아봐라. 우경이를 저대로 살게 할 순 없다."

"알겠습니다, 궁주."

그 때 밖에서 침중한 목소리가 들렸다.

"궁주, 날세."

늙수그레한 목소리. 구양환의 숙부인 구양은의 목소리였다.

"들어오십시오, 숙부."

곧 구양은이 일곱 사람과 함께 들어왔다.

천광호와 선우명, 관호명, 백리진, 남궁원, 백화청, 그리고 철군성의 진왕리까지.

하나같이 한 세력을 주도하는 대표들이다.

뭔가 심상치 않은 일이 벌어지고 있음을 직감한 구양환이 굳은 표정으로 구양은에게 물었다.

"무슨 일입니까, 숙부?"

구양은이 얼굴을 두어 번 씰룩이더니 착잡한 표정으로 말했다.

"모두들 본 궁 무사들의 지휘권을 천 가주에게 넘겨주길 바라고 있소."

"그게 무슨 말씀입니까? 본 궁 무사들의 지휘권을 넘겨주다니요?"

그에 대해선 관호명이 대답했다.

"서평을 공격할 생각이오. 천사교와의 본격적인 싸움을 앞두고 혹시 모를 잡음을 막자는 취지라 생각해 주시오."

구양환이 관호명을 바라보았다.

"내가 본 궁을 이끌면 잡음이 생기기라도 한단 말이오?"

"궁주의 마음을 모르지는 않지만, 이미 구양우경 사건과 이번 아기 납치 사건으로 인해서 궁주에 대한 신망이 많이 떨어진 것은 사실이외다. 그 점은 궁주도 부인하지 못할 거요."

"본 궁주가 단화린을 이용한 것은 모두 천사교를 물리치기 위함이었소. 그게 공은 될지언정 과는 아닐 것 같소만."

이번에는 남궁원이 굳은 표정으로 말했다.

"궁주의 공을 모르는 바는 아니오. 그러나 어쨌든 아기가 납치되었고, 그 바람에 상당한 부담을 안게 되었소. 지금이 전쟁에서 무척 중요한 고비라는 것을 궁주도 알 터. 우리는 지금 상황에서 또 하나의 강적을 만들고 싶지 않소."

구양환은 이를 지그시 악물고 사람들을 둘러보았다.

결국 북궁천을 적으로 삼지 않기 위해서 자신에게 물러나라는 말이다.

"천하에서 내로라하는 고수들이 단화린을 그렇게 어려워할 줄은 미처 몰랐구려."

약간의 조소가 섞인 말투.

그는 단화린이 북천마제라는 걸 말해 주지 않았다. 그 사실이 알려지면 자신만 더욱더 궁지에 몰릴 것 같았다.

그런데 백리진이 냉정한 어조로 맞받아 쳤다.

"그에 대해선 궁주께서 누구보다 잘 아실 거요. 더구나 그에게는 뛰어난 조력자들이 있소. 진원보에 있던 천사교 무리가 어떻게 당했다는 걸 모르진 않을 것 같소만?"

"그거야……."

그에 대해선 구양환도 할 말이 없었다.

마지막으로 관호명이 몰아붙였다.

"어떻게 하시겠소? 결단을 내려 주시오. 궁주가 잠시 지휘권을 내려놓는다면, 그가 아기에 대한 일을 더 이상 문제 삼지 않도록 설득해 보겠소."

구양환의 시선이 천군호와 신도명을 향했다.

"그대들도 같은 생각이오?"

천군호가 무거운 표정으로 고개를 끄덕였다.

"상황이 이러니 어쩌겠소? 그렇다고 해서 궁주의 자리를 내놓으라는 게 아니오. 전쟁이 끝날 때까지 무사들의 지휘권만 내려놓으라는 것이니, 지금 상황으로선 그게 최선 같소, 궁주."

선우명은 그 말을 들으며 슬그머니 눈길을 돌렸다.

*　　　*　　　*

구양우경은 살아남은 수룡위사대원들과 함께 아기를 찾겠다며 일대를 들쑤시고 다녔다.

하지만 무공을 잃은 데다 한쪽 다리까지 못 쓰는 그가 다닐 수 있는 거리는 한정되어 있었다.

수룡위사대원들은 그를 궁으로 데려가려 했지만 그는 진아를 찾아내라며 막무가내로 대원들만 다그쳤다.

그렇게 이틀째 되던 날, 사용화의 명을 받고 파견된 검신대 부대주 소광산이 그를 찾아냈다.

당시 구양우경의 행색이나 행동은 반미치광이나 마찬가지였다.

소광산은 돌아가지 않겠다는 구양우경을 설득했다.

"대공자, 그만 궁으로 돌아가시지요."

"잔소리 말고 진아를 찾아! 진아를 찾기 전에는 절대 돌아가지 않을 거야!"

"제가 애들을 시켜서 찾아보겠습니다. 대공자께서 찾으시는 것보다 더 빨리 찾을 수 있을 겁니다."

"나쁜 놈들이 진아를 해칠지 몰라. 빨리 찾아내야 해."

"놈들도 아기를 해치려고 데려간 것이 아니니 아무 일도 없을 겁니다. 너무 걱정하지 마십시오."

"정말 그럴까?"

소광산이 차분하게 설득하자 구양우경의 광기가 조금 가

라앉았다.

"제 말을 믿으시고 마차에 타십시오, 대공자."

"찾지 못하면 가만두지 않을 거다. 명심해, 소광산."

"책임지고 찾아내겠습니다."

겨우겨우 구양우경을 설득한 소광산은 그를 마차에 태우고 삼성궁으로 향했다.

하지만 가는 도중에도 아기를 왜 찾아내지 못하냐며 어찌나 떼를 쓰는지 하루면 충분한 거리를 이틀이 지났는데도 도착하지 못했다.

구양우경을 찾은 지 이틀째 되던 날.

삼성궁으로 가던 호위대는 적미진을 삼십여 리 남겨 놓고 이동 중인 삼성궁 무사들과 조우했다.

모두 오십 명 정도. 그들은 도웅당 무사들로 서평에 가는 길이라 했다.

그런데 도웅당 무사들을 이끄는 부당주 이적성이 마차에 구양우경이 타고 있다는 걸 알고 뜻밖의 말을 했다.

"아기는 지금 내향에 있소이다, 부대주."

아기를 찾아내라며 종일 닦달하는 구양우경에게 짜증이 나 있던 소광산은 그 말이 반갑기만 했다.

"그래요? 찾아냈다니 다행이군요. 어떻게 찾은 거요?"

"단화린 일행이 천사교 놈들을 죽이고 되찾았다 하오."

그 때 마차의 문이 열리고 구양우경이 고개를 내밀더니 다급한 목소리로 물었다.

"내향 어디에 있는데?"

아무리 소궁주의 자리에서 물러났고 음마로 취급받는다 해도 구양우경은 검신가의 대공자다.

이적성은 그가 마음에 안 들었지만 고개를 숙여 인사를 건넸다.

"대공자를 뵙습니다. 아기는 현재 내향의 객잔에 머물고 있다 합니다."

구양우경의 얼굴이 오랜만에 활짝 펴졌다.

"그래? 그럼 진아를 보러 가자, 소광산!"

"대공자, 일단 궁에 돌아가서 치료를 받으시고……."

"치료는 내가 아니라 진아가 받아야 해. 어서 가자니까 뭐해?"

"아기는 아무 이상이 없다고 합니다. 아무런 걱정 마시고 일단 궁으로 돌아가시지요."

"진아와 함께 갈 거야. 진아를 데려가지 않으면 나도 안 가!"

소광산은 슬쩍 이적성을 째려보았다.

왜 그 말을 해서 자신을 곤욕스럽게 한단 말인가?

이적성은 그제야 괜한 말을 했다는 후회를 하며 입장이 곤란해지기 전에 작별을 고했다.

"험, 그럼 저희는 바빠서 그만 가 보겠습니다. 출발해라!"

그들이 빠르게 멀어지자, 소광산도 마부를 재촉했다.

"우리도 가자!"

구양우경은 마차가 내향으로 가는 줄 알았다. 그러나 한참을 지나도 마차가 계속 삼성궁 쪽으로 향하자 악을 쓰며 다그쳤다.

"진아가 있는 곳으로 가자니까? 이 길이 맞아? 설마 나를 속이려는 건 아니겠지? 내가 모를 줄 알고? 네 이놈! 너희들이 감히 본 공자를 속이겠다는 거냐? 당장 마차를 돌려라!"

소광산은 슬쩍 마부에게 전음을 보내서 구영우경이 아무리 뭐라 해도 방향을 틀지 못하도록 했다.

구양우경은 소광산이 자신의 말을 들어주지 않자 마차에서 뛰어내렸다.

질척한 흙 위를 구른 그는 온통 흙이 묻었는데도 아랑곳하지 않고 일어나서 절룩거리며 달렸다.

소광산이 그 모습을 보고 짜증 내듯이 소리쳤다.

"대공자를 모셔라!"

검신대 무사들이 그를 붙잡아서 다시 마차에 넣었다. 하지만 소용이 없었다.

"모두 죽여 버리겠어! 아기와 나를 떼어 놓으려는 놈들은 가만 안 두겠어! 너희들도 죽을 줄 알아! 어디서 감히 나를 진흙탕에 처박아? 어서 방향을 틀지 못할까! 지금 본 공자의 명령을 어기겠다는 거냐?"

정신이 오락가락한 구양우경은 반 시진 동안 광분하며 악을 썼다.

소광산은 꾹 참고 적미진까지 도착해서야 마차를 멈췄다.

어느새 날이 어두워져서 밤길을 재촉하기도 애매했다.

구양우경도 지쳤는지 조용해진 상태였다.

'이제는 포기했겠지.'

그렇게 생각한 소광산은 적미진에서 밤을 보낸 후 아침 일찍 출발하기로 하고 객잔에 들어갔다.

구양우경은 이상할 정도로 말이 없었다.

그래도 또 모르는 일. 소광산은 수하들에게 교대로 구양우경을 철저히 보호하라는 명령을 내렸다.

말이 보호지 감시나 마찬가지였다.

구양우경은 무공을 잃은 상태여서 무사 둘씩 교대로 감시하면 걱정하지 않아도 될 듯했다.

다행히 밤이 다 지나가도록 우려했던 일은 일어나지 않았다.

그런데 이튿날 새벽 묘시 무렵.

구양우경이 너무 조용한 것을 이상하게 생각한 수룡위사 대원 하나가 방문을 열고 안을 살펴보았다.

구양우경이 보이지 않았다.

소광산은 왈칵 짜증이 밀려들었다. 구양우경이 사라졌다는 보고를 받고 객잔 근처는 물론 적미진 일대를 다 뒤져 보았다. 하지만 구양우경의 모습은 어디에도 없었다.

"제기랄. 대체 어디로 가신 거지?"

수룡위사대원 하나가 자신의 생각을 말했다.

"혹시 내향으로 가신 것 아닐까요?"

충분히 가능성 있는 말이었다. 포기한 줄 알았는데 그게 아니었던가 보다. 그래서 소광산은 더욱더 짜증이 났다.

'미치겠군.'

내향까지 오십 리.

무공을 잃고 제정신도 아닌 구양우경이 가기에는 가까운 거리가 아니다.

더구나 아기를 구한 사람은 단화린. 구양우경을 병신으로 만든 자가 아닌가?

만에 하나 삼성궁 사람들이 없는 곳에서 만나기라도 하면 단화린이 구양우경을 죽일지 모른다.

마음이 다급해진 소광산은 검을 들고 벌떡 일어났다.

"내향으로 가자!"

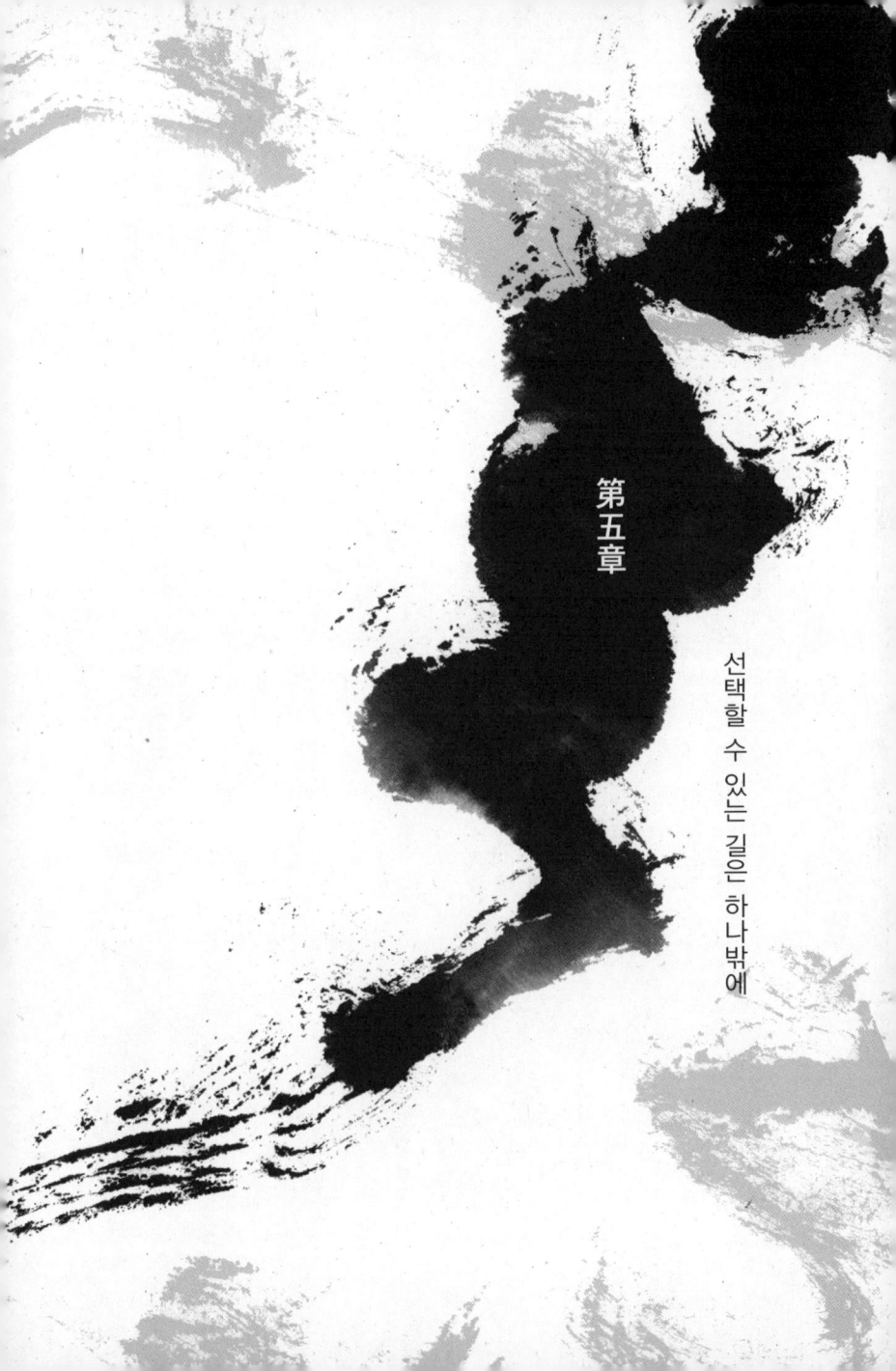

第五章

선택할 수 있는 길은 하나밖에

막 해가 떠오르기 시작한 이른 아침.

머리카락이 헝클어지고 머리와 옷이 마른 흙으로 범벅된 청년 하나가 신풍객잔을 기웃거렸다.

하품을 하며 청소를 하던 점소이 하나가 그를 발견하고 짜증 난 표정으로 물었다.

"무슨 일로 오셨수?"

행색이 엉망이었지만 점소이는 말을 조심했다.

흙이 잔뜩 묻어 있긴 해도 비단옷을 입고 있었다. 밤새 술에 취해서 바닥을 뒹굴던 자가 아침 해장을 하겠다고 찾아온 것일지도 몰랐다.

청년이 안을 둘러보면서 초조한 목소리로 되물었다.

"여기에 우리 진아가 있다면서?"

"예?"

"우리 진아, 객잔에 있다는데."

청년은 구양우경이었다. 창문을 통해 객잔을 빠져나와서 내항까지 밤길을 달려온 것이다.

점소이는 구양우경을 흘겨보며 침을 퉤 뱉었다.

"제길, 아침부터 미친놈이 와서 기분 잡치게 하는군. 꺼져!"

"단화린이 아기를 구해 왔다고 했어. 어디에 있지?"

"여기에는 아기가 없다니까! 몽둥이로 맞기 싫으면 썩 꺼져, 미친놈아."

점소이가 주먹을 흔들며 위협하자, 구양우경이 정색하고 지팡이를 흔들면서 소리쳤다.

"이놈! 단화린이 아기를 구해 왔다는 말을 분명 듣고 왔는데 어디서 거짓말이냐?"

삼성궁의 소궁주로 살아온 그였다. 정색하고 소리치자 자연스럽게 무게감이 느껴졌다.

그 기세에 눌린 점소이는 찔끔하며 다시 한 번 구양우경을 훑어보았다.

'어디서 이런 미친 병신 새끼가 와서……'

점소이도 단화린이라는 이름을 모르지 않았다. 그가 아기를 구했다는 말도 들었다.

하지만 신풍객잔에는 그들이 없었다.

구양우경을 빨리 보내고 싶은 그는 손가락으로 한쪽을 가리키며 짜증이 가득한 투로 말했다.

"그 사람들 찾으려면 저쪽에 있는 영화객잔으로 가 봐. 거기에 있으니까."

신풍객잔에서 영화객잔까지는 이십 장밖에 되지 않았다.

다리를 절룩거리며 한달음에 달려간 구양우경은 객잔 안으로 들어갔다.

이른 아침이어서 아직 손님이 없었다. 점소이도 보이지 않았다.

번들거리는 눈으로 주위를 둘러보던 그는 이 층으로 통하는 계단에 발을 디뎠다.

뒤늦게 주방에서 나오던 점소이가 그를 발견하고 소리쳤다.

"이보쇼! 어디 가는 거요?"

"아기를 찾으러 왔어!"

마주 소리친 구양우경은 멈추지 않고 이 층으로 올라갔다.

절룩거리며 이 층으로 올라선 그가 두리번거리며 북궁천 일행이 머무는 곳으로 다가가자, 경비 임무를 맡고 있던 구자강이 그의 앞을 막았다.

"멈춰라! 안으로 들어갈 수 없다."

"우리 아기는 어디 있지?"

구양우경의 뜬금없는 소리에 구자강이 이마를 찌푸렸다.

"무슨 말이냐?"

"우리 아기. 어디 있지? 이곳에 있다고 들었는데."

"네 아기를 왜 여기서 찾는단 말이냐? 썩 물러가라."

"아냐, 분명히 여기 있다고 했어. 저쪽 객잔의 점소이가 그랬어. 여기에 우리 진아가 있다고 했어! 어디 있어! 우리 진아 어디 있어! 내놔아아!"

구자강은 청년이 미친 사람처럼 악을 쓰자 눈살을 찌푸렸다.

"미친놈이군."

"내놓지 않으면 가만두지 않을 것이다! 어서 우리 진아를 내놔!"

구양우경이 눈을 치켜뜨고는 거품을 물며 소리쳤다.

난데없는 소란에 여기저기서 욕설이 튀어나왔다.

"에이, 어떤 놈이 아침부터 지랄이야?"

"어젯밤에 했으면 열 달을 기다려야지, 벌써 아기를 찾으면 어떡해, 미친놈아!"

구자강은 더 망설이지 않고 청년의 마혈과 아혈을 짚었다.

그 때 방문이 열리고 몇 사람이 고개를 내밀었다. 동호량도 그중 한 사람이었다.

졸린 눈을 비비며 고개를 내민 그는 흐트러진 머리카락 사이로 비친 구양우경의 얼굴을 알아보고 눈이 휘둥그레졌다.

"어? 저게 누구야? 구양우경이잖아?"

한편.

북궁천은 누가 진아와 동명인 아기를 찾는가 보다 했다.

목소리가 완전히 달라져 있어서 설마 구양우경일 거라고는 생각도 못 하고 어떤 놈이 새벽부터 미친 짓을 하나 싶었다.

그런데 구양우경이라는 이름이 튀어나오는 것이 아닌가?

그는 급히 밖으로 나가 보았다.

머리카락이 흐트러져 있고 흙이 여기저기 묻어서 지저분했지만 진짜 구양우경이었다.

눈을 반쯤 뒤집은 채 덜덜 몸을 떠는 그를 보고 북궁천의 이마에 깊은 골이 파였다.

그가 아기와 함께 있었다는 말을 초강에게 듣긴 했다. 그렇다고 해서 여기까지 쫓아오다니.

게다가 저 꼴은 또 뭐란 말인가?

누가 뭐래도 구양우경은 삼성궁 궁주의 아들. 삼성궁이 제정신도 아닌 그를 내버려 두었을 리 없었다.

'그럼 혼자 여기까지 왔단 말인가?'

북궁천은 의아해하면서 구자강에게 말했다.

"자강, 혈도를 풀어 줘라."

구자강은 토를 달지 않고 구양우경의 혈도를 풀어 주었다.

구양우경은 혈도가 풀리자 갑자기 울음을 터트렸다.

"으허헝! 진아를 돌려줘! 우리 진아를 돌려줘!"

"네 진아가 아니라 내 진아다, 구양우경."

북궁천이 냉랭한 어조로 말하자, 구양우경이 이번에는 지 팡이로 바닥을 쿵쿵 치며 노성을 내질렀다.

"아냐, 아냐! 내 진아야! 흥! 단화린, 네가 감히 내 진아를 훔쳐가려고 하다니. 썩 내놓지 못할까!"

그는 북궁천을 알아보는 듯했다. 그러면서도 아기에 대한 집착만 할 뿐 자신을 미치광이로 만든 것에 대한 원망의 빛은 조금도 보이지 않았다.

북궁천은 미쳐 버린 구양우경을 서릿발 같은 눈빛으로 직 시하며 냉랭히 말했다.

"죽이지 않는 것을 다행으로 생각하고 돌아가라, 구양우 경."

털썩.

구양우경이 주저앉더니 또 울먹거렸다.

"진아는 나를 좋아해. 제발, 제발 진아를 돌려줘. 제 발……"

"그렇게는 못 한다. 돌아가!"

북궁천은 더 말할 것 없다는 듯 매몰차게 고개를 돌렸다.

"어허엉! 우리 진아는 내가 없으면 죽도 안 먹고 젖도 안 먹는단 말이야. 그러면 병이 도질지도 몰라. 그러니 진아를 나에게 돌려줘, 단화린!"

"웃기는 소리 마라. 진아는 네가 없어도 젖만 잘 먹고 있다. 아픈 곳도 없고."

"뭐? 거짓말하지 마! 진아를 돌려주지 않으려고 그러는 거지? 누가 모를 줄 알고? 진아의 절맥증이 나으려면 아직 삼 년은 있어야 한다고 했어!"

"절맥증? 훗, 진아는 아무런 이상이 없으니 걱정 마라."

"그, 그럴 리가 없는데. 그럴 리가…… 거짓말이야. 진아는 며칠 전에도 막 토하고 얼굴이 시퍼렇게 변해서 큰일 날 뻔했는데……."

"쓸데없는 소리 말고 그만 가라, 구양우경. 진아는 아무 이상 없으니까."

구양우경이 세차게 고개를 저었다.

"아냐, 거짓말! 거짓말이야! 네가 날 속이려고 거짓말을 하는 거야! 진아가 발작하면 내가 있어야 돼! 제발 진아를 나에게 돌려줘!"

그 때 객잔 아래쪽에서 소란스런 소리가 들리더니 몇 사람이 이 층으로 올라오며 소리쳤다.

"대공자!"

북풍사객 중 임표와 지송문이 그들의 앞을 막았다.

"멈춰라!"

올라온 자들은 모두 다섯으로 소광산을 비롯한 검신대와

수룡위사대원들이었다.

소광산이 앞으로 나서며 굳은 표정으로 말했다.

"우리는 대공자를 모셔 가려고 왔소. 대공자를 보내 주시오."

동호량과 나란히 서 있던 이조량이 그들 중 수룡위사대원이 섞여 있는 걸 보고 표정이 굳어졌다.

"삼성궁 사람들입니다. 구양우경을 데리러 왔나 봅니다."

북궁천이 천천히 고개를 돌리더니 싸늘한 표정으로 소광산을 노려보았다.

"두 번 다시 이런 일이 없었으면 좋겠군. 다음에 또 온다면 오늘처럼 그냥 보내지 않을 거다. 데려가."

북궁천의 정체를 눈치챈 소광산은 등줄기를 타고 식은땀이 흘렀다.

그는 북궁천의 싸늘한 말투에도 함부로 하지 못하고 포권을 취했다.

"알겠소."

그러고는 구양우경을 향해 다가갔다.

"대공자, 가십시다."

구양우경이 앉은 채로 주춤주춤 물러나며 발작하듯이 악을 썼다.

"싫어! 진아를 데려갈 거야! 진아는 내가 있어야 돼!"

"아기는 더 이상 대공자와 살 수 없습니다. 그만 가시지요.”

"아, 안 돼. 병이 발작하면 큰일 난단 말이야. 빨리 저놈들을 죽이고 진아를 찾아 줘! 응? 빨리……."

"대공자……."

보다 못한 북궁천이 다시 한 번 싸늘하게 축객령을 내렸다.

"구양우경. 분명히 말하지만 진아는 아무 이상도 없다. 그러니 보내 줄 때 가 봐라."

"거짓말하지 마! 진아는 내가 너보다 잘 알아!"

북궁천은 슬슬 짜증이 났다.

구양우경을 밑에다 던져 버리고 싶었다.

"내가 화내기 전에 꺼져라, 구양우경. 뭐 하는가? 빨리 데려가라니까!"

버럭 소리친 그는 구양우경을 더 상대하지 않고 몸을 돌렸다.

소광산이 재빨리 손을 뻗어서 구양우경을 일으켜 세웠다.

"가십시다, 대공자."

"놔! 놓으란 말이야!"

바로 그 때, 초강이 회랑 끝에 서 있는 수룡위사대원에게 물었다.

"이보쇼. 당신네 공자는 멀쩡한 아기가 아프다고 하는데, 무슨 말이오? 뭘 잘못 안 것 아니오?"

수룡위사대원 중 하나가 사람들의 눈치를 보면서 대답했다.

"당연히 아프니까 아프다고 하는 거 아니오?"

"그럼 정말 아프기라도 하단 말이오?"

"그렇소. 적어도 천사교 놈들이 아기를 데려가기 전까지는 삼사 일에 한 번씩 아파서 얼굴이 시퍼렇게 변했소."

돌아섰던 북궁천이 그 말에 멈칫했다.

아기를 구한 지 만 사흘째. 처음에만 힘들어한 기색이 있었을 뿐 아픈 기미도 없었다. 안색이 파랗게 변한 적은 한 번도 없었고.

하지만 수룡위사대원의 말이 사실이라면 곧 그런 일이 생길지 모른다는 말이 아닌가?

"그게 사실이냐?"

대답은 소광산에게 끌려가다시피 하던 구양우경이 했다.

"맞아! 진아는 아프기 전에 얼굴이 하늘처럼 파랗게 변해!"

북궁천은 그의 말을 믿고 싶지 않았지만 만약의 경우를 생각하지 않을 수 없었다.

"아기가 아플 때 어떤 징후를 보이지?"

"젖을 토하고 숨결이 거칠어진다. 나에게 진아를 보여 줘. 그럼 언제 아플 것인지 알아볼 수 있어!"

북궁천이 본 아기는 아무런 이상이 없었다.

'내가 미처 몰랐던 게 있나? 그럴 리가 없을 텐데?'

방곡추는 절맥증일지 모른다고 했다. 그래서 천조혈심기로 아기의 몸을 조심스럽게 살펴보았는데 아무런 이상이 없었다.

그는 자신의 판단을 믿었다.

정말 아프다 해도 방곡추에게 데려가면 치료할 수 있을 터. 크게 걱정하지 않았다.

그런데 수룡위사대원이 머뭇거리며 말했다.

"저기, 대공자의 말씀은 사실이오. 대공자께선 희한하게도 아기가 아플 시기를 귀신처럼 맞혔소."

구양우경의 청을 거절하려던 북궁천은 이마를 찌푸렸다.

보여 주기 싫었지만 수룡위사대원의 말이 사실이라면 한 번쯤 보여 줘서 나쁠 것도 없을 듯했다.

"좋아, 구양우경. 아기를 보여 주지. 대신 아기를 보고 이곳을 떠나라."

구양우경이 환한 웃음을 지었다. 어떻게 보면 순박하다는 생각이 들 정도로 맑은 웃음이었다.

북궁천은 미간을 좁히며 그를 노려보고는, 고개를 돌려서 아기가 있는 방을 바라보았다.

"유모, 아기를 데리고 나오시오. 냉호, 방문을 열어라."

아기가 있는 방 앞에 서 있던 냉호가 방문을 열었다.

유모는 밖의 소란 때문에 이미 깨어나 있었다.

그녀는 방문이 열리자 아기를 안은 채 쭈뼛거리며 밖으로 나왔다.

"진아야!"

구양우경이 소리치며 유모가 있는 곳으로 달려가려고 하자, 장추람이 손을 뻗어서 앞을 막았다.

"멈춰."

"비켜라, 돼지 같은 놈아!"

"뭐야?"

난데없이 욕을 얻어먹은 장추람이 눈을 치켜떴다.

"보긴 제대로 봤군."

냉호가 얇은 입술을 비틀며 장추람을 약 올렸다.

그사이 유모가 눈치를 보며 아기를 돌려서 구양우경이 볼수 있게 했다. 그녀도 밖에서 들리는 소리를 다 들은 터라 무엇을 해야 하는지 알고 있었다.

그런데 구양우경이 아기를 바라보더니 눈을 부릅뜨고 악을 썼다.

"진아를 보여 달란 말이야! 우리 진아를 내놔!"

"미친놈이 눈까지 멀었나? 저기 있잖아?"

장추람이 복수하듯이 비아냥거리며 턱짓으로 아기를 가리켰다.

그러나 구양우경은 아기를 두 번 다시 쳐다보지 않았다.

"이 돼지 같은 놈아! 내가 보고 싶은 건 진아지, 저런 돼지새끼가 아니란 말이다!"

"이 미친놈이······!"

장추람이 더 참지 못하겠다는 듯 주먹을 쥐고 구양우경을 향해 한 발을 내디뎠다.

그런데 수룡위사대원이 고개를 갸웃거렸다.

"이상하네."

초강이 혼잣말처럼 중얼거린 그의 말을 듣고 의아한 표정으로 물었다.

"뭐가 이상하단 말이오?"

"그게······ 진아라는 아기가 아닌 것 같아서······."

순간이었다.

북궁천의 신형이 쭉 늘어나는가 싶더니 수룡위사대원 앞에 나타났다.

"헉!"

수룡위사대원이 대경해서 반사적으로 물러서려 했지만 그때는 이미 북궁천의 손에 목이 잡힌 후였다.

"다시 말해 봐라. 방금 뭐라고 했지?"

북궁천과 바로 앞에서 눈이 마주친 수룡위사대원은 몸이 후들후들 떨렸다.

"그, 그게······ 제가 본 아기는······ 저렇게 살색이 검지 않았······."

그 와중에도 구양우경은 지팡이를 휘두르면서 발악하고 있었다.

"진아를 데려와! 내가 속을 줄 알고? 빨리 진아를 데려오
란 말이야!"

수룡위사대원을 노려보는 북궁천의 눈빛이 잘게 떨렸다.

"정말 저 아기가 진아처럼 보이지 않는단 말이냐?"

"그, 그렇습니다. 진아는 몸이 아파서 얼굴도 하얗고 인형
처럼 예쁩니다."

유모가 안고 있는 아기는 그의 말과 거리가 멀었다. 유모
가 철교신을 닮았다는 말을 할 정도였으니까.

"추람, 유모와 아기를 보호해서 이리 데려와라."

장추람이 굳은 얼굴로 유모와 아기를 북궁천에게 데려왔
다.

구양우경은 바로 앞까지 아기가 왔는데도 쳐다보지 않고
진아를 데려오라며 소리만 질러 댔다.

북궁천은 유모가 바로 옆까지 다가오자 수룡위사대원에게
말했다.

"다시 잘 봐라. 진아와 정말 다르게 보이냐?"

아기를 가까이서 살펴본 수룡위사대원이 자신 있게 고개를
끄덕였다.

"분명히 아닙니다. 며칠 사이 이렇게 달라질 수는 없습니
다."

북궁천은 맥이 쭉 빠졌다.

"이 아기가 진아가 아니라고?"

하지만 그도 잠시, 북궁천의 몸에서 서리처럼 차가운 기운이 뿜어졌다.

"그럼, 그럼 우리 진아는 어디 있단 말이냐?"

*　　*　　*

호연유는 즐거워서 미칠 것 같았다.

상남까지 후퇴하면서 얼마나 이를 갈았는지 잇몸이 아플 지경이었다.

그런데 북궁천의 아기가 자신의 옆에 있는 걸 보니 그동안의 분노가 봄 햇살 아래 눈처럼 흔적도 없이 녹아 버렸다.

아기를 무사히 빼돌린 것은 마웅초의 공이 컸다.

처음에는 구량이 아기를 데려가겠다고 고집을 부렸다고 한다.

마웅초는 책임을 완수하기 위해서 끝까지 아기를 내주지 않았다.

대신 등주에서 젖을 먹이기 위해 데려온 산부의 아기를 구량 일행에게 맡겨서 적의 이목을 집중시키고, 마웅초는 수백 리 길을 빙 돌아서 적의 눈을 피했다.

결국 구량 일행은 북궁천 일행에게 발각되었다.

어리석은 놈들은 그 아이가 진짜인 줄 알고 마웅초를 더 이상 쫓지 않았다. 덕분에 마웅초는 이틀이라는 시간이 더 걸린 대신 무사히 아기를 상남으로 데려올 수 있었다.

물론 구량 등이 죽어 큰 손실을 입긴 했지만 아쉬움은 조금도 없었다.

그들의 목숨 따위는 아기에 비하면 아무것도 아니니까.

"와하하하하! 북궁천 그놈, 아기가 나에게 있는 줄 알면 어떤 표정을 지을지 궁금하군."

소존이 대소를 터트리자 사야승도 미소를 지었다.

서협에서 패배하고 서평까지 빼앗긴 후 바닥까지 가라앉았던 소존이었다.

어디로 튈지 모르는 소존의 성격을 아는 그로선 그동안 살아도 산 것 같지 않을 만큼 긴장된 나날이었다.

여차하면 팔다리 하나 자르라는 명령이 떨어질지 모르는 것이다.

그런데 웃는 모습을 보니 이제는 안심해도 될 듯했다.

"놈에게 사람을 보내겠습니다, 소존."

"그렇게 하시오. 철저히, 아주 철저히 놈을 이용할 계획을 짜서 보고하도록 하고. 교주께서도 지대한 관심을 기울이고 있으니 말이오."

"예, 소존."

"아기를 돌봐 줄 유모도 알아보시오."

"알겠습니다."

사야승은 몸을 일으켜 방을 나갔다.

호연유는 옆에 놓인 아기를 바라보았다.

하얀 피부, 커다란 눈망울. 정말 예쁜 아기였다.

아기를 바라보는 그의 눈에 기이한 열기가 떠올랐다. 아기를 보니 헌원려려의 아름다움이 선명하게 그려졌다.

"아쉽군, 정말 아쉬워. 놓치지 않았으면 정말 좋았을 텐데 말이야."

구양우경이 오죽하면 그녀에게 빠져서 몸서리쳐지는 쾌락조차 참았을까?

그는 혀로 입술을 핥으며 사이한 미소를 지었다.

때가 때인 만큼 자제했다.

아무리 천사지존이 부친이라 해도 지금처럼 긴박한 상황에서 일탈을 하면 용서하지 않을지도 몰랐다.

그런데 아기를 보고 헌원려려를 상상하자 도저히 참을 수가 없었다.

'상남에도 괜찮은 계집들이 있을 텐데, 한번 찾아볼까?'

문득 구양우경이 계집 하나를 납치해서 즐기려 했다가 실패한 일이 떠올랐다.

그 일로 인해서 구양우경이 나락으로 떨어져 버리지 않았던가?

'어떤 계집이기에 구양우경이 그 상황에서도 즐기려고 했는지 모르겠군.'

은근히 궁금해졌다.

상남에 산다고 했으니 잡아 오라고 할까?

'미리 잡아다 놓고 북천마제를 종처럼 부리면서 즐기는 것도 괜찮겠어.'

그 전에 두어 가지 일을 먼저 처리해야겠지만.

마음을 정한 그는 밖을 향해 낭랑한 목소리로 말했다.

"가서 혈사령을 들어오라 해라!"

계집은 계집이고, 이 기쁜 소식을 빨리 상주에 전하고 싶었다. 아버지도 소식을 들으면 자신을 달리 보게 될 테니까.

*   *   *

북궁천은 침상 위의 아기를 바라보며 석상처럼 굳은 채 움직일 줄 몰랐다.

뒤에 서 있는 장추람과 냉호, 철교신. 이조량과 태극문 제자들은 질식할 것 같은 분위기에 손가락 하나 까딱하지 못했다.

그러나 북궁천은 그들에 대해서 신경 쓸 정신이 없었다.

그는 구양우경과 수룡위사대원의 말을 믿었다.

구양우경은 제정신이 아니니 잘못 본 것일 수도 있지만, 오히려 그 점 때문에 아기가 진아가 아니라는 확신이 들었다.

집착에 빠진 미친놈은 헛소리를 하긴 해도 거짓말을 하지는 않으니까.

게다가 수룡위사대원의 눈빛도 거짓과는 거리가 멀었다.

문제는 앞에 있는 아기가 진아가 아닐 때였다.

이 아기가 정말 진아가 아니라면, 진아는 천사교 놈들이 빼돌렸다는 뜻.

지금쯤 놈들의 손에 들어갔을 게 분명했다.

미칠 것 같은 심정. 가슴이 터질 것 같다.

눈을 질끈 감았다 뜬 북궁천은 허공을 한참 동안 노려보더니 달라붙은 입을 열었다.

"천사교 놈들의 목적이 뭐라고 보느냐?"

북궁천이 침묵을 갑작스럽게 깨며 질문을 던지자 모두가 숨을 멈췄다.

"대형께 복수하겠다는 의미가 아닐까요?"

동호량이 먼저 눈치를 보며 대답했다.

그러나 냉호가 느릿하니 고개를 저으며 말했다.

"그보다는 구양환과 같은 생각을 하고 있겠죠."

모두의 표정이 급격히 굳어졌다.

무슨 말인지 모르지 않으면서도 그러지 않기를 바라기에 입을 열지 못했다.

그런데 장추람이 사람들의 마음을 대변하듯 눈살을 찌푸리며 말했다.

"주군, 정말 놈들이 아기를 인질로 우리에게 정파연합을 공격하라는 요구를 할까요? 우리 손에 죽은 천사교도만 해도 이백 명이 넘는데 말입니다."

"그러고도 남을 놈이다, 소존이란 놈은. 자신의 계획을 위해서 교도 일천을 미끼로 내놓은 놈이 무슨 짓을 못 하겠느냐?"

사람들은 가슴이 묵직해져서 입이 닫혔다.

그 와중에 북궁천의 나직한 목소리가 흘러나왔다.

"아주 철저히 이용해 먹으려고 하겠지."

"죽일 놈의 새끼. 그때 머리를 부숴 버렸어야 하는데……."

장추람이 이를 갈며 욕을 퍼부었다.

당시 북궁천도 솔직히 소존이 그렇게 빨리 도망갈 줄은 미처 생각지 못했었다. 그 바람에 그를 놓치고 말았다.

"주군, 놈이 정말로 그런 요구를 하면 어떻게 하실 겁니까?"

"내가 놈의 요구를 들어줘서 전쟁이 천사교의 승리로 끝난다면 아기를 돌려줄지도 모르지."

"하지만 대형……."

초강이 뭐라고 입을 열려다 얼버무렸다.

당사자인 북궁천에게는 세상 그 어느 것보다 아기가 중요했다. 정파가 이기든 마도가 이기든 하등 중요하지 않았다.

당사자가 아닌 초강으로서는 북궁천에게 마도를 위해 싸울 수 없지 않느냐는 말을 할 상황이 아니었다.

북궁천도 초강의 마음을 모르지 않지만, 소존이 요구한다면 그가 갈 수 있는 길은 정해져 있었다.

"초강, 내가 선택할 수 있는 길은 하나밖에 없다."

초강은 아무 말도 못 하고 고개를 숙였다.

그 때 북궁천이 사람들을 천천히 둘러보며 말했다.

"초강과 호량은 정한이를 데리고 철군성으로 가라."

부상으로 인해 얼굴이 창백한 이정한은 물론이고 동호량과 초강의 눈이 커졌다.

"예?"

"대형……."

북궁천은 그들이 가지 않으려 할 거라는 걸 모르지 않았다. 그러나 이번만큼은 그들의 마음을 받아 줄 여유가 없었다.

"하라는 대로 해라. 가서 려려를 지켜. 진아에 대한 것은 아직 말하지 말고. 그리고 조량은 아기를 취향루에 데려다 주고 부모를 찾아보라고 해라."

"예, 대형."

이조량은 순순히 대답했다.

거부한다고 해서 생각이 바뀔 북궁천이 아니다. 아기를 데려다 준 다음에는 뜻대로 해도 될 터. 어떻게 할 것인지는 그 때 가서 생각해도 늦지 않았다.

북궁천은 고개를 돌려서 장추람 등 북천궁 사람들을 바라보았다.

"저희더러 돌아가라는 말씀은 마십시오, 주군."

아직 말도 하지 않았는데 북궁천의 뜻을 지레짐작한 장추람이 단호하게 자신의 뜻을 밝혔다.

그의 목소리는 물론 표정에도 절대 고집을 꺾지 않겠다는 각오가 서려 있었다.

"누가 돌아가랬어?"

"예? 그럼……?"

"너희는 나와 함께 진아를 찾으러 간다. 단단히 각오해, 죽을지도 모르니까."

말을 이어가는 북궁천의 눈에 서리가 내렸다.

장추람 등도 세상을 얼려 버릴 것 같은 표정으로 대답했다.

"죽는 건 조금도 두렵지 않습니다. 걱정 마십쇼."

"오랜만에 마음에 드는 명령이군요."

"아기나 이용하려는 더러운 놈들의 목을 모조리 따 버립시다, 주군!"

*   *   *

상주 외곽 금천장(金天莊)의 대전각인 금화전(金華殿)의 화려한 방 안.

넓은 방 안에 세 사람만이 앉아 있는데도 꽉 찬 느낌이 들

정도로 분위기가 무거웠다.

"바보 같은 놈! 그따위 정파 놈들에게 밀리다니. 내가 유아를 너무 믿었나?"

호연도광이 짜증 난 표정으로 말하며 고개를 좌우로 저었다. 그가 고개를 저을 때마다 황금빛 도관에 매달린 수정 구슬이 흔들리며 사이한 빛을 뿌렸다.

겨우 승기를 잡아 간다 했는데 또 밀리고 있다. 혈문과 마종보의 고수들까지 붙여 줬거늘.

아무리 자식이라지만 더 이상 감쌀 수만은 없었다.

그 때 호연도광의 좌측에 앉아 있던 노인이 고개를 숙이며 말했다.

"교주, 소존을 불러들이는 게 어떻겠습니까?"

칠순이 다 된 나이답지 않게 단단하게 느껴지는 체구, 회색빛 눈동자, 은연중 사람의 마음을 짓누르는 기도를 지닌 노인이었다.

회안마존(灰眼魔尊) 방철산.

천사팔노의 수좌이며 천사교의 이인자 자리를 놓고 경쟁하는 절대고수 셋 중 하나가 바로 그였다.

그가 나서자 오른쪽에 앉아 있던 노인도 한마디 거들었다.

"교주, 명령을 내리신다면 제가 가서 놈들에게 본 교의 위엄을 보여 주겠습니다."

안색이 석회처럼 하얀 그는 천사지존의 호법 열둘을 지휘하며 교주의 말과 행동을 대신하는 천사총령 주서광이었다.

강호에서 백혈사신(百血死神)이라 불렸던 그는 특히 무림맹에서 이를 가는 자였다.

이십여 년 전 천사의 난 때 무림맹 장로 일곱을 암살해서 무림맹을 공황 상태로 빠뜨린 공포의 살수가 바로 그였던 것이다.

호연도광은 경쟁 관계인 두 사람의 말을 듣고도 바로 대답하지 않았다.

그가 아들을 선봉으로 내세운 것은 이 기회에 아들의 입지를 확고하게 하기 위해서였다. 그런데 지금 당장 불러들인다면 그만큼 입지가 좁아질 터. 바라는 바가 아니었다.

그렇다고 해서 그냥 놔두기에는 상황이 너무 안 좋았다.

"단화린이라는 놈에게 곡 장로와 은 장로, 궁 호법이 죽었다. 고수 몇 사람 더해진다고 해서 해결될 상황이 아니야."

호연도광은 일단 말을 돌렸다.

그의 말속에는 방철산과 주서광을 동시에 질타하는 뜻이 담겨 있었다.

곡대양과 은사종은 방철산 휘하고, 궁치는 주서광 아래에 있는 고수. 그들이 한 사람에게 죽었으니 상관이라 할 수 있는 두 사람으로선 할 말이 없었다.

"죄송합니다, 교주. 설마 그런 놈이 있을 거라고는 생각도 못 했습니다."

"너무 심려 마십시오, 교주. 반드시 제 손으로 놈의 목을 잘라서 교주께 바치겠습니다."

당장 말하는 표정부터가 달라졌다.

말 몇 마디로 두 사람의 기를 자연스럽게 꺾어 놓은 호연도광은 가슴으로 늘어진 수염을 천천히 쓰다듬었다.

"구양환이 북천마제의 아기를 이용해서 놈을 움직였다고 하더군. 그런데 유아가 그 아기를 빼돌리기 위해 사람을 파견했다고 하니 상황을 좀 더 지켜보고 결정을 내려야겠어. 지금쯤은 결과가 나왔을 것 같은데 말이야."

내내 말없이 서 있던 키 작은 오십 대 초반의 문사가 입술 끝을 비틀어 사이한 미소를 지으며 허리를 숙였다.

그가 바로 혈뇌와 함께 천사교를 움직이는 쌍뇌, 이교령 중 사교령인 사뇌(邪腦) 숙아돈이었다.

"소존께서 한 발 먼저 움직였으니 성공할 것입니다, 교주. 심려 마소서."

그 때였다. 기다렸다는 듯 방문 밖에서 공손한 목소리가 들렸다.

"교주께 아뢰옵니다. 혈사령께서 소존의 전언을 가져오셨다 하옵니다."

호연도광의 눈빛이 찰나간 번갯불처럼 번뜩였다.

"들어오라 해라."

혈사령은 호연도광 앞에 엎드려서 최상의 예를 취했다.

엎드려서 두 손을 앞으로 뻗고 이마를 바닥에 댄 그는 느릿한 동작으로 몸을 반쯤 일으킨 후 입을 열었다.

"교주시여! 천사의 보살핌이 있어 소존께서 마제의 아이를 얻으셨습니다."

호연도광의 입가에 가느다란 웃음이 걸렸다.

오랜만에 즐거운 소식이었다.

"아이는 어디에 있느냐?"

"상남에 있사옵니다."

"이리 데려오지 그랬느냐?"

"단화린을 이용하려면 당분간 아기를 데리고 계시는 것이 나을 거라는 말씀이셨습니다."

"그래? 흠, 어쨌든 잘된 일이야. 이제 단화린이라는 놈은 걱정하지 않아도 되겠군. 그놈을 이용해서 정파 놈들에게 날벼락을 내리면 상황도 달라질 것이고 말이야."

그 때 혈사령이 고개를 들고 말했다.

"교주시여, 소존께서 단화린의 정체를 알아내셨습니다."

"정체?"

"소존께선 그가 바로 북천의 주인인 마제라 하셨습니다."

호연도광의 얼굴에서 미소가 사라졌다.

"그게 정말이냐?"

"소존께서 여러 각도로 생각해 보시고 내린 결론이온데,

속하에게 말씀하실 때에는 확신을 가지신 듯했습니다."

"단화린이 북천마제 북궁천이란 말이지?"

"예, 교주."

호연도광의 입에서 광기에 가까운 대소가 터져 나왔다.

"푸하하하하! 그거 정말 놀라운 소식이로구나."

방철산과 주서광도 경악한 표정을 감추지 못했다.

"허어! 그럼 마제가 직접 아들을 찾기 위해서 왔단 말인 가?"

"어쩐지 장로와 호법을 죽였다 했더니……."

그 때였다.

웃음을 멈춘 호연도광의 두 눈에서 사이한 광채가 번뜩였다.

"하늘이 우리를 돕는군. 그만 우리 품으로 끌어들이면 정파 놈들은 심장에 비수가 꽂힌 셈이 될 거야."

표정이 풀어진 그의 눈이 사뇌를 향했다.

"숙야돈, 상주에 들개들이 많이 몰려들고 있다면서?"

천사교가 금천장을 총단으로 삼으면서 종남과 화산을 비롯한 정파가 힘을 쓰지 못하자, 상주로 마도무사들이 몰려들고 있었다.

그들 중 일부는 천사교에 흡수되었지만 일부는 상주에 남아서 세력을 형성하고 있었다.

"한동안 상관하지 않고 놔두었더니 땅따먹기를 하면서 티

격태격하고 있사옵니다. 하온데 숫자가 급격히 불어서 한 번 쯤 정리를 해야 할 것 같사옵니다."

"개가 간이 커지면 주인도 몰라보고 이를 드러내는 법이니라. 곧 필요로 할 것 같으니, 때가 되면 바로 쓸 수 있도록 철저히 교육을 시켜 놓도록 해라."

"예, 교주."

第六章

전쟁에선 적과 친구만이 존재하는 법이다

　서평의 정파연합은 활기가 넘쳤다. 밀리기만 하던 상황에
서 서협과 서평을 되찾고 적을 상남으로 몰아냈다.

　이제 곧 상남에 대한 공격을 시작할 터. 천사교를 고립시키
고 무너뜨리는 것도 시간문제처럼 여겨졌다.

　그런데 사기가 하늘 끝까지 솟구칠 즈음, 청천벽력 같은
소식이 유원당의 뒤통수를 쳤다.

　"뭐? 아기가 철은보에 도착했다고?"

　"상황으로 봐선 아무래도 가짜를 넘겨주고 진짜 아기를 놈
들이 빼돌린 것 같습니다."

　유원당은 천사교에 잠입한 잠은각 정보원으로부터 긴급으

로 전해진 소식을 천종원에게 듣고 표정이 바위처럼 굳어졌다.

천사교 놈들이 구양환처럼 아기를 인질로 북궁천을 이용하기라도 하면…… 그거야말로 두려운 일이 아닐 수 없었다.

"단화린은 지금 어디 있지?"

"아직 내향에 있을 겁니다."

"그도 곧 알게 되겠군."

"그럴 겁니다."

천사교가 알려 줄 테니까. 이용하기 위해서.

"청아하고 기진이 밖에 있으면 들어와라."

유원당이 밖을 향해 말하자 곧 황보청과 종리기진이 안으로 들어왔다.

두 사람은 유원당의 말을 듣고 안색이 창백해졌다.

"맙소사! 정말 큰일이군요."

"즉시 그에게 달려가라. 가서 어떻게 해서든 그를 진정시켜라. 쉽진 않겠지만, 감정을 최대한 가라앉히고 침착하게 아기를 찾게끔 만들어야 돼."

황보청의 눈빛이 잘게 떨렸다.

"저희가 대형을 말릴 수 있을지 모르겠습니다."

"무조건 해야 된다. 몸을 던져서라도! 무슨 말인지 알겠느냐?"

황보청은 땅이 꺼져라 한숨을 쉬며 고개를 끄덕였다.

"후우우. 알겠습니다."

"빨리 가 봐."

황보청과 종리기진을 북궁천에게 보낸 유원당은 천종원을 향해 단호한 어조로 말했다.

"상남을 쳐야겠어. 각 세력 수뇌부를 긴급소집하게."

"괜찮겠습니까? 놈들도 우리의 공격에 철저히 대비하고 있을 텐데요."

"놈들이 정말 아기를 얻었다면 머뭇거릴 시간이 없네. 희생이 따르더라도 소존이 단화린을 이용하기 전에 상남을 뺏어야 해. 하지만 사람들에게는 아직 그 사실을 말하지 말게."

그 때 천종원이 머뭇거리는 표정으로 물었다.

"총군사, 만약 단화린이 천사교의 지시대로 움직인다면 어떻게 하실 겁니까?"

유원당은 바로 대답하지 못했다.

그러나 아무리 생각해 봐도 그가 택할 수 있는 길은 하나밖에 없었다. 그는 마치 자기 자신에게 다짐하듯 형형한 안광을 번뜩이며 단호하게 말했다.

"그러지 않길 바라지만, 만약 그러한 경우가 발생한다면 나는 순리대로 행동할 거네. 전쟁에서는 적과 친구만이 존재하는 법이니까."

긴급소집령이 떨어지자 정파연합 수뇌부가 웅성거리며 몰려들었다. 언제 어느 때 싸움이 벌어질지 모르는지라 모두가 긴장하고 있던 터였다.

그래서인지 천종원이 연락을 취한 지 일각이 지날 즈음에는 좌석이 거의 다 채워졌다.

"총군사, 무슨 급한 일이라도 있소?"

관호명이 유원당의 얼굴을 보고 심상치 않음을 느꼈는지 은근한 어조로 물었다.

유원당이 자리에서 일어나 좌중을 천천히 둘러보고는 무게 있는 목소리로 답했다.

"강호의 마도무사들이 상주로 몰려들고 있다 합니다. 천사교가 그들을 움직이기 전에 한 발 먼저 상남을 칠까 합니다."

많은 사람들이 그의 결정을 반겼다.

"그거 잘됐군. 승기를 잡았을 때 몰아붙여서 끝냅시다!"

"적절한 결정이외다. 기왕이면 상주까지 올라갑시다."

그렇다고 모두가 찬성하는 것은 아니었다. 최근 들어 말이 별로 없던 구양환이 무거운 표정으로 입을 열었다.

"연이은 격전으로 부상자가 삼백이 넘소. 일부 무사들이 가세했다 해도 그들을 제외하면 일천이 조금 넘는 인원이오. 너무 무리하는 것 아니오?"

구양은도 한마디 거들었다.

"노부 역시 같은 생각이네. 상남을 무너뜨린다 해서 적이 괴멸되는 것도 아니고, 오히려 피해가 커지면 적의 주력이 그 점을 노리고 뒤통수를 칠지도 모르는 일. 신중을 기해야 할 거로 보이네만."

하지만 반대보다 찬성이 훨씬 많았다. 개중에는 불만이 섞인 말투로 반발하는 이조차 있었다.

"그럼 저들의 주력이 내려올 때까지 무작정 기다리자는 말씀이십니까?"

"그러다 또 봄을 넘기면 저들에게 역습할 기회를 줄지 모릅니다. 이 싸움이 길어지는 것도 어떻게 보면 너무 느슨하게 대처해서 그런 것 아닙니까?"

특히 철군성의 진왕리는 괄괄한 성격답게 굵은 눈썹을 치켜세우고 툭 쏘듯이 말했다.

"사악한 놈들을 앞에 두고 이것저것 따질 것 뭐 있습니까? 깊게 생각할 것 없이 상남을 치고 봅시다."

공원대사와 남궁원도 찬성한다는 듯 고개를 끄덕였다.

"아미타불, 그게 좋겠소."

"본 가주도 찬성이오. 총군사께서 계획을 짜 보시구려."

전체적인 의견이 공격 쪽으로 집중되는 틈을 이용해서 유원당이 못을 박았다.

"그럼 공격하는 것으로 알고 계획을 세워 보겠습니다. 돌아가서서 언제든 출동할 수 있게 준비해 주십시오. 구체적인 계획은 출발 직전에 말씀드리겠습니다."

미간을 찌푸린 채 골똘히 생각에 잠겼던 위효릉이 넌지시 자신의 생각을 말했다.

"아무리 빨리 공격한다 해도 내일은 되어야 할 것 같은데……."

"아무래도 그렇겠지요."

유원당은 담담히 답하면서 자연스럽게 좌중을 둘러보았다. 무의식중에 두어 사람의 눈빛이 순간적으로 흔들렸다.

그 모습을 보자 며칠 전에 들은 임강령의 말이 떠올랐다.

> "의심 가는 사람이 한둘 더 있소. 확실한 증거를 잡
> 기 전까지는 일절 모른 척할 거요. 총군사도 그리 아
> 시고 사람들을 예의주시해 주시오."

얼마든지 가능한 일이었다. 간자가 몇 사람 더 있다 해서 놀랄 것도 없었다. 상대는 사악한 계교로 무림맹을 와해시킨 천사교가 아닌가 말이다.

'머지않아 껍질을 벗고 모습을 드러내겠지.'

*   *   *

북천궁 사람들과 함께 내향을 나선 북궁천은 남들의 시선을 피해서 서쪽을 향해 달렸다.

아기가 가짜라는 사실은 하늘이 무너지는 충격이었다. 하지만 구양우경으로 인해 그 사실을 미리 알게 된 것은 다행이 아닐 수 없었다.

소존이란 놈이 말하기 전에 자신이 한 발 먼저 움직일 수 있게 되었으니까. 자신을 이용하려던 상대의 계획에 금이 간 셈이나 마찬가지인 것이다.

'놈의 생각을 거꾸로 이용해야 해.'

자신이 한두 번 요구를 들어줬다 해서 소존이 아기를 돌려줄까?

절대 그럴 놈이 아니다. 놈은 아기를 이용해서 자신의 뼈골까지 모조리 빼먹으려 할 것이 분명하다.

무슨 수를 쓰더라도 아기를 되찾아야 하는 건 분명하지만, 그딴 놈에게 이용만 당하다가 아기도 찾지 못하고 자신마저 이곳에 뼈를 묻을 수는 없다.

'살아만 있어라, 진아야. 살아만 있으면 이 아버지가 세상을 뒤엎어서라도 너를 구할 테니까.'

가슴이 먹먹했다. 분노가 활화산 저 깊은 곳의 용암처럼 들끓었다. 하지만 북궁천은 터져 나오려는 분노를 억눌렀다. 지나친 분노는 진아를 구하는 데 도움이 되지 않는다. 냉정한 대처만이 아기를 구할 수 있다.

'침착해라, 북궁천!'

북궁천 일행이 상남에 도착한 것은 새벽 어스름이 밀려들기 직전인 인시 무렵이었다.

상남의 밤거리는 을씨년스럽게 느껴질 정도로 한산했다.

시간이 너무 이른 점도 있지만, 그보다는 정파연합과 천사교 무리의 싸움에 상남 일대의 양민들이 두려움을 느끼고 밖으로 나다니지 않았기 때문이다.

하긴 한 번 싸울 때마다 수백 명이 죽어 나가는 판이었다.

싸움이 워낙 큰 데다가 강호 세력 간의 싸움이어서 관과 군조차 모른 척하고 있는 형편이었다. 힘도 없는 양민들이 두려워하는 것도 당연했다.

상남으로 들어간 북궁천은 객잔으로 가지 않았다.

대로를 그대로 빠져나간 그는 과거 구양우경이 소동동을 납치해 갔던 관운묘로 갔다.

관운묘는 구양우경이 이용하려 했을 정도로 외진 곳에 있었다. 천사교의 눈을 피해서 하루 이틀 머물기에는 적당한 장소였다.

북궁천은 은자 열 냥을 주고 관운묘를 사흘간 빌리기로 했다. 관운묘를 지키던 노인은 감지덕지하며 북궁천이 원하는 건물을 내주었다. 소동동이 구양우경에게 당할 뻔했던 지하실이 있는 건물을.

북궁천은 아침이 밝자 담운과 지송문에게 명령을 내렸다.

"혹시라도 우리를 알아보는 자가 있을지 모르니 모습부터 바꿔야겠다. 송문과 담운이 상남으로 가서 역용에 필요한 물건과 하루 먹을 음식을 사 오도록 해라."

"예, 주군."

그들은 한 시진이 지날 즈음 필요한 물건을 한 보따리 사 들고 돌아왔다.

일단 식사부터 마친 사람들은 지송문에게 얼굴을 맡겼다.

지송문은 무공만 강한 게 아니라, 백변귀도(百變鬼刀)라 불릴 만큼 역용에 있어서 뛰어난 재주를 지니고 있었다. 북궁천이 그에게 역용에 필요한 물건을 사 오라 한 것도 그러한 이유 때문이었다.

지송문은 제일 먼저 사람들의 얼굴에 칼부터 들이댔다.

오랫동안 수염을 깎지 않아서 산적처럼 보일 정도였다. 수염만 손질해도 사람이 달라 보일 듯했다.

수염을 깎은 지송문은 각자의 특성에 맞게 머리를 손질하고 얼굴에 누렇고 검은 약재를 발랐다.

그리고 입고 있는 옷을 그가 구해 온 평범하고 허름한 무복으로 갈아입게 했다.

몇 군데만 단순하게 손봤는데도 몸집을 제외한 일곱 명의 모습이 완전히 달라졌다.

자세히 살펴보지 않는 이상 이조량이나 태극문 제자들이라 해도 알아보지 못할 것 같았다.

문제는 무기였다.

무사는 한 번 본 무기를 쉽게 잊지 않는다. 그런데 장추람의 커다란 검이나 철교신의 창은 물론, 북궁천의 묵혼도 한번 대적해 본 자는 곧바로 떠올릴 수 있는 특징이 있었다.

지송문은 검집과 도집을 푸른 천으로 감싸게 해서 급한 대로 문제를 해결했다.

그렇게 모습을 바꾸는 일이 끝나자 북궁천은 자신이 생각한 계획을 실행으로 옮겼다.

"냉호, 교신. 가서 한 놈 잡아 와. 될 수 있으면 철은보 내부 상황을 잘 아는 놈으로. 천사교 놈들은 입을 열지 않을 가능성이 많으니까 혈문이나 마종보 놈들 중에서 골라 봐. 갈 때 무기는 놓고 가도록."

"저도 함께 가겠습니다, 주군."

장추람도 나서려고 했지만 북궁천이 고개를 저었다.

"너는 덩치가 커서 남들의 이목을 끌지 모른다. 그냥 여기에 있어."

자신이 직접 나서지 않는 것도 그 때문이었다.

북궁천은 장추람을 눌러 앉혀 놓고 인상이 평범한 담운과 지송문을 철은보로 보냈다.

"출세 좀 해 보려고 산서에서 왔다고 적당히 둘러대. 상황이 급박하게 돌아가니 저들도 신분 확인을 세세하게 하진 못할 거다."

"예, 주군."

"임표와 자강은 놈들의 동향을 예의주시하고 이상한 점이 보이면 보고해."

*　　　*　　　*

내향에 도착한 황보청과 종리기진은 북궁천을 찾아갔다.

그러나 북궁천 일행이 머물던 방은 주인이 바뀌어 있었다.

황보청은 점소이의 손에 동전을 몇 문 쥐여 주고 북궁천에 대해 물었다.

"언제 떠났지?"

"어제 오전에 떠났습죠."

그때만 해도 북천으로 가기 위해서 떠난 것이 아닌가 생각했다. 그런데 점소이가 돈 받은 대가를 하고 싶은지 머뭇거리며 말했다.

"삼성궁의 대공자께서 찾아오고 나서 얼마 안 되어 떠났습니다요."

"뭐? 구양우경이?"

"예, 소문만 듣고 그러려니 했는데, 진짜 제정신이 아니더라고요."

"그놈이 왜 대형을 찾아왔단 말이냐?"

점소이는 엄청난 비밀이라도 되는 것처럼 주위를 슬쩍 둘러보며 말을 아꼈다.

황보청은 점소이의 손에 열문을 더 쥐어 주었다.

"말해 봐. 아무에게도 네가 말했다고 하지 않을 테니까."

그제야 점소이가 바짝 고개를 내밀고 입을 열었다.

"아기를 찾으러 왔다면서 소리를 질렀습니다요."

"구양우경이 아기를 찾으러 왔다고?"

"예, 나으리. 제가 계단에서 슬쩍 고개를 내밀고 구경했는데 말이죠. 그분들이 데리고 있던 아기가 가짜라지 뭡니까요?"

'이런 빌어먹을!'

황보천은 본능적으로 일이 크게 터졌다는 걸 직감했다.

종리기진도 냉막하던 얼굴이 딱딱하게 굳었다.

"형님, 아무래도 아기 때문에 떠난 것 같습니다."

떠났다면 북천으로 돌아가지 않았을 것이다. 아기를 찾아야 할 테니까.

황보청은 급한 마음으로 점소이를 다그쳤다.

"그래서 아기는 어떻게 되었지?"

"얼굴이 곱상하게 생긴 분이 데리고 먼저 떠났습니다요."

"다른 사람들은?"

"두세 분은 마차를 구해서 부상당한 분을 태우고 따로 가시고, 제일 높은 공자님은 다른 무사님들과 함께 가셨습죠."

더 들을 것도 없었다.

객잔을 나온 황보청과 종리기진은 휴식을 취할 새도 없이 서평을 향해 달렸다.

황보청과 종리기진이 내항을 빠져나갈 즈음, 또 다른 자들이 영화객잔에 들이닥쳤다.

점소이는 그들에게도 비슷한 말을 해 주었다. 그리고 은자 반 냥을 받아 챙겼다.

'오늘만 같으면 금방 집 한 채 사겠군. 또 오는 인간들 없나?'

*   *   *

냉호와 철교신은 건달처럼 어깨를 구부리고 어슬렁거리며 상남을 돌아다녔다.

무기를 놓고 나온 터라 사람들도 그들을 보고는 크게 신경 쓰지 않았다.

오전 내내 돌아다녔는데도 쓸 만한 놈이 걸리지 않았다. 적당해 보이는 놈은 주위에 다른 사람들이 많았고, 처리가 쉬워 보이는 놈은 쓸모가 없을 듯했다.

그런데 미시 무렵, 뒤늦은 점심을 먹기 위해 객잔에 들어갔을 때 냉호가 괜찮은 먹이를 발견했다.

대낮부터 술을 처먹는 게 마음에 들었고, 가끔 철은보 이야기가 나오는 걸 보니 내부 상황도 제법 잘 아는 듯했다.

게다가 일행이 있는데도 제멋대로 행동하는 것을 보니 기다리면 기회가 날 것 같았다.

"저놈 어때?"

"괜찮아 보이는군. 그럭저럭 중간 간부는 될 것 같고. 그런데 성질 좀 있겠는걸?"

"그래야 쉽게 말려들지."

"하긴. 좋아, 저놈으로 하자고."

두 사람이 식사를 마쳐 갈 즈음, 목표물이 어기적거리며 일어나더니 객잔 뒤로 가는 게 보였다.

자연스럽게 자리에서 일어난 냉호와 철교신은 계산을 하고 객잔을 나왔다.

"어이, 잠깐 나 좀 보지?"

막 뒷간에서 나오던 노굉화는 한쪽 구석에서 손짓으로 부르는 자를 보고 눈을 깜박였다.

건달처럼 보이는데 아무리 봐도 처음 보는 놈이었다.

제법 차갑게 느껴지는 인상. 제 딴에는 무게를 잡는다고 째진 눈을 가늘게 뜬 모양인데, 혈문의 추혈당주가 그 정도 인상에 기죽을 줄 알았다면 오산이었다.

"뭐야, 인마?"

냉호는 대답 대신 손가락을 까딱거렸다.

—이리 와 봐.

그런 뜻을 담아서.

노굉화는 짜증과 분노가 뒤섞인 기분으로 성큼성큼 걸음을 옮겼다.

'흥, 별일만 아니어 봐라. 확, 모가지를 비틀어 버릴 테니까.'

손가락을 우두둑 소리가 나도록 움켜쥔 그는 냉호를 노려보며 다가갔다.

소화도 시킬 겸 모가지를 똑 따서 한 놈 죽이는 것도 괜찮을 듯했다.

냉호는 다시 한 번 손가락을 까딱거리고 구석진 곳 안쪽으로 들어갔다.

'저 건달 새끼가!'

노굉화는 눈을 치켜뜨고 빠르게 따라갔다.

그런데 그가 막 굽이를 돌아간 순간, 좀 전에 본 놈이 아니라 바위처럼 생긴 뭉툭한 인간이 바로 앞에 있는 것이 아닌가?

"이 멍청한 자식은 또 뭐……?"

노굉화는 멍청하게 생긴 놈의 따귀를 후려치기 위해서 한 손을 들어 올렸다.

찰나였다.

굼벵이처럼 굼뜨게 생긴 철교신의 주먹이 번개처럼 명치에 틀어박혔다.

퍽!

피하고 자시고 할 틈도 없었다. 별 볼 일 없어 보이는 상대의 모습 때문에 방심하기도 했지만, 그보다는 주먹이 너무나 빨랐다.

게다가 거리가 바로 코앞이었다. 술에 취하기도 했고. 몸을 반도 못 틀고 한 대 얻어맞은 노굉화는 입을 쩍 벌렸다.

퍼억!

비명이 튀어나오기 전에 또 한 번의 주먹이 아랫배에 꽂혔다. 배가 뻥 터질 것 같은 충격! 벼락이라도 맞은 것처럼 온몸에 짜르르 전율이 일었다. 냉호가 달려들어서 꼬꾸라지는 노굉화의 마혈과 아혈을 제압하고는 포대에 구겨 넣었다.

"꽤 짜릿했을 거다. 저 돌덩이의 주먹맛은 맞아 본 사람만 알거든."

*　　　*　　　*

냉호와 철교신이 먹잇감을 챙기고 있을 무렵.

지송문과 담운은 철은보의 객당에 앉아 있었다.

그들이 철은보에 간 것은 정오가 되기 직전이었다.

그 시간을 택한 것은 나름대로 생각한 바가 있었기 때문이었다.

점심을 앞둔 시각. 천사교 무리들도 찾아온 마도무사들에 대한 조사를 자세하게 하지 않을 거라 생각한 것이다.

아니나 다를까, 모집무사를 담당하는 자들은 두 사람에 대해서 이름과 출신지만 적고는, 대충 실력을 시험해 본 후 곧장 모집무사들이 있는 곳으로 보냈다.

하긴 북천을 휩쓸고 다니며 숱한 싸움을 겪어 본 두 사람이 아닌가?

그들에게선 마도무사의 향기가 물씬 풍겼다. 선천적으로 정파인과는 그 분위기가 다른 것이다.

그래선지 조사를 담당한 자들도 별다른 의문을 품지 않았다. 별 볼 일 없는 자들은 객당 한쪽의 구석진 곳에 모여 있었고, 실력이 아주 뛰어나거나 유명세를 탄 자들은 곧장 내원으로 들어갔다.

그리고 두 사람이 머무는 객당에 자들은 대부분 일류 수준을 오락가락하는 실력을 지닌 자들이었다.

두 사람도 실력을 드러냈다면 내원으로 들어갔을 테지만, 자칫 의심만 살지 몰라서 중간 위치를 택했다.

"제법 칼 좀 쓰게 생겼군. 어디서 왔지?"

지송문은 옆자리에서 질문이 들리자 고개를 돌렸다.

얼굴에 칼자국이 나 있는 사십 대 전후로 보이는 중년인이 벽에 등을 기댄 채 빤히 바라보고 있었다.

"산서 임분에서 왔수."

"멀리서 왔군."

"산서는 철군성 놈들 때문에 우리 마도인들이 설 땅이 한정되어 있잖수. 그런데 천사교가 정파 놈들과 한판 붙었다기에 달려온 거요."

"그래? 나는 호북에서 온 곽태문이라 하네. 자네들은 이름이 어떻게 되는가?"

"나는 송문이고, 이 친구는 강운이오."

"눈빛을 보니 사람 꽤나 죽였을 것 같군."

"흐흐흐, 솔직히 말해서 철군성 무사 일곱을 죽이고 도망쳐 왔수."

곽태문이라는 중년인은 지송문의 말에 놀란 표정을 지었다.

"대단하군. 철군성 무사를 일곱이나 죽이다니."

"개중에는 조장이란 자도 있었수. 씨발, 열 명만 되었어도 전부 죽여 버렸을 텐데, 스무 명이 넘어서 별수 없이 도망쳤수."

지송문이 욕을 섞어 가며 아쉽다는 투로 말끝을 흐리자, 담운이 곽태문에게 넌지시 물었다.

"곽 형은 어떻게 여기 온 거요?"

"돈을 많이 준다고 해서 왔지."

꼭 그런 이유 때문에 온 것은 아닌 듯했다.

곽태문은 하위무사들이 기거하는 곳에 있을 자가 아니다. 자신의 기운을 갈무리할 수 있는 고수. 이미 절정 경지에 발을 디딘 자다.

자신이 그보다 강하지 않았다면 몰랐을지도 모른다.

그런 고수가 정말 돈 몇 푼을 바라고 이곳에 왔을까?

하지만 담운은 모른 척했다.

"우리는 무작정 오느라 자세한 것을 알아보지 못했소. 얼마나 준다고 합디까?"

"한 달에 은자 열 냥을 준다더군. 공을 세우면 그만큼 더 주고. 뭐, 살아남아야 받는 것이지만."

"제기랄. 열 냥이 뭐야? 스무 냥은 줘야지."

"공만 세우게. 그럼 한몫 잡을 수 있을 테니까. 듣자 하니 당주급 이상을 죽이면 백 냥을 준다더군."

"그래요? 지미, 무리를 해서라도 높은 놈 하나 때려잡아야겠군."

담운은 주먹을 불끈 쥐고 짐짓 눈을 부라렸다.

그 때 지송문이 약간 짜증 섞인 목소리로 말했다.

"근데 계속 여기에 놔둘 건가? 어디에 배치를 하던가 해야 앞으로 어떻게 될 것인지 알 수가 있지 말이야."

지송문과 담운이 철은보에 들어온 지 두 시진쯤 지났을 때, 몇 사람이 객당 쪽으로 다가오는 게 보였다.

천사교의 교도 복장을 하고 있는 자들이었다.

그들은 모집무사들 바로 앞에서 걸음을 멈추더니, 개중 마흔 전후로 보이는 빼빼 마른 자가 턱을 쳐들고 말했다.

"나는 야랑군 제삼대를 맡게 된 동철귀다. 본 교에 힘을 보태기 위해 온 그대들을 환영한다. 이제부터 그대들은 본 법당 주 밑에서 정파 놈들과 싸우게 될 것이다. 모두 일어나서 나를 따라와라."

야랑군(野狼群)은 몰려든 무사들을 다스리기 위해 만든 직제(職制)였다. 이미 이대 이백 명이 채워졌고, 이제 삼대가 만들어지고 있는 중이었다.

모집무사들은 서로를 쳐다보며 웅성거리더니 하나둘 자리에서 일어났다.

"설마 쫄따구나 하라는 건 아니겠지?"

"조장을 뽑겠지. 백 명 정도 된다고 했으니까 열 명은 뽑지 않겠어?"

"지미, 실력을 시험해 봤으면 바로 뽑아야지, 이런 어중이떠중이들하고 함께 졸병으로 지내란 건가?"

"뭐? 그럼 내가 어중이떠중이란 말이냐?"

"아니면 말지 왜 성질을 내?"

"이 씨발놈이. 시비는 네가 걸었잖아?"

"이 새끼가 어디서 욕이야? 죽고 싶냐?"

웅성거리던 모집무사 사이에서 시비가 붙자 동철귀가 싸늘하게 소리쳤다.

"조용히 해! 이제부터 한 식구가 되어서 적과 부딪쳐야 하는데 시작도 하기 전에 싸우겠다는 건가?"

"이 자식이 시비를 걸잖소?"

"내가 언제 너한테 말했냐?"

"조용! 앞으로는 싸우는 걸 용납하지 않겠다. 싸우고 싶으면 목을 내놓고 싸워라. 그만 입 다물고 따라와!"

동철귀가 냉랭히 말하고 몸을 돌렸다.

무사들은 병아리처럼 그의 뒤를 졸졸 따라갔다. 지송문과 담운도 그들과 함께 움직였다.

'소군이 계신 곳과 가까운 곳이면 좋은데…….'

*　　　*　　　*

"어떤 새끼들인데 감히 어르신을 납치한 것이냐!"

노굉화는 아혈이 풀어지자마자 버럭 소리를 질렀다.

아직 술이 덜 깬 듯했다. 아니면 정말로 멍청해서 아직도 상황을 깨닫지 못하고 있던가.

북궁천은 어디서 개가 짖냐는 듯 신경도 쓰지 않고 팔뚝 굵기의 통나무를 일곱 자 높이의 석벽에 박았다.

푹!

마치 못이 두부에 박히듯 통나무가 석벽을 쑥 파고들었다.

"손을 묶어서 여기에 매달아."

장추람이 밧줄로 노굉화의 손을 익숙하게 묶더니 불끈 들
어서 통나무에 매달았다.

노굉화의 몸이 바닥에서 한 뼘 정도 허공에 떴다.

"이걸 풀지 못할까? 내가 누군지 알고 이런 짓을 저지르는
것이냐!"

"네가 누군지는 관심 없어. 내가 알고 싶은 걸 알고 있는가
하는 것이 중요하지."

"나는 혈문의 추혈당주 노굉화다! 나를 풀어 주지 않으면
네놈들도 모두 갈기갈기 찢겨서 죽게 될 것이다! 어서 밧줄을
풀어라!"

노굉화는 혈문이라는 이름이 상대의 마음을 움직일지 모
른다 생각했다.

그러나 그 이름으로는 북궁천의 눈썹 한 올도 움직이지 못
했다.

북궁천은 한눈에 봐도 단단하게 느껴지는 박달나무 몽둥
이를 장추람에게 넘겨주었다.

"여긴 천장과 벽이 두꺼워 방음이 잘되는 곳이야."

북궁천이 그 사실을 누구보다 잘 알았다. 자신도 소동동의
기척을 모를 뻔했으니까.

"소리를 지르고 싶으면 마음껏 질러. 대신 목소리가 커지
면 그만큼 때리는 손에 힘이 더 들어갈 거다. 시끄러우면 짜

증이 나는 법이거든. 추람, 일단 한 대 쳐 봐."

"자, 잠깐!"

딱!

"아악!"

"저런, 뼈를 쳤군. 쯔쯔쯔."

어쩐지 소리가 이상하다 했더니 무릎뼈를 친 듯했다.

북궁천은 혀를 차며 고개를 흔들고는, 조금도 미안해하지 않는 표정으로 말했다.

"미안하군. 하지만 이해해. 때리다 보면 실수할 때도 있으니까."

"으으으으. 대, 대체 왜 나를……."

"이야기는 나중에 나누자고. 너무 일찍 입을 열면 저 친구가 실망할 테니까."

아무런 감정도 느껴지지 않는 목소리.

지옥의 유부에서 흘러나오는 사자의 목소리가 저럴까 싶다.

한 대 맞고 나서야 술이 깬 노굉화는 등골을 타고 쫘악 소름이 끼쳤다.

"뭐, 뭘 알고 싶어서 그러는 것이냐?"

"추람, 시작해."

장추람은 이를 드러내며 씩 웃고 몽둥이를 들었다.

영락없이 고문하는 것을 즐기는 표정.

더구나 몽둥이를 건넨 놈이 비도로 나무를 침처럼 뾰족하게 깎고 있는데, 아무래도 고문에 쓸 도구를 만드는 듯했다.

"손톱 밑을 깊게 파고들려면 더 뾰족해야 할 것 같군."

북궁천이 나무 침을 이리저리 살펴보며 마음에 안 든다는 투로 말하자, 노굉화는 몸이 부들부들 떨렸다.

"뭐, 뭐든 물어보라니까! 이, 이봐, 몽둥이는 내려놓고 말로 하자!"

하지만 장추람은 못들은 척 몽둥이를 휘둘렀다.

퍽! 퍼버벅! 빡!

"으악! 아아악! 사, 살려…… 크억!"

몽둥이가 노굉화의 몸을 십여 번 어루만진 후에야 북궁천이 몽둥이질을 멈추게 했다.

"그만."

"몇 대만 더 때리죠."

장추람이 무척이나 아쉬운 표정으로 말하자, 금방 죽어 갈 것 같던 노굉화가 번쩍 고개를 들고 소리쳤다.

"내, 내가 알고 있는 것은 뭐든 말할 테니 물어만 봐! 어서!"

북궁천이 그의 눈을 직시했다.

"조금만 더 참아. 이 침을 시험해 보고 물어볼 테니까. 손은 묶여 있으니 발부터 시작해 봐야겠군."

그러고는 비도로 깎아 만든 나무 침을 들고 일어났다.

노굉화가 사시나무처럼 몸을 떨었다.

"끄으으으. 제, 제발……."

그 때 북궁천이 나무 침을 노굉화의 어깨에 비틀면서 천천히 꽂았다.

"잘 들어가는군. 발톱 사이로도 들어가겠어."

나무 침을 타고 핏물이 주르륵 흘렀다.

노굉화는 비명을 지를 시간도 없었다. 거칠게 깎인 나무 침이 발톱 사이를 파고들기 전에 한 번이라도 더 사정해 봐야 했다.

"무, 물어보라니까. 뭐든…… 제바아아알……."

북궁천은 못들은 척 나무 침을 하나 들고 노굉화를 발을 내려다보았다.

"일단 발톱 사이에 침을 박아 보고, 그래도 안 되면 힘줄을 뜯어내 보자고."

끝내 노굉화의 입에서 공포에 질린 울음이 터져 나왔다.

"끄으윽, 크흐흑. 뭘 알고 싶은데……."

그 때 슬쩍 눈을 든 북궁천이 지나가는 투로 물었다.

"철은보에서 지내나?"

"그, 그렇다."

"천사교의 소존을 본 적 있어?"

"봤다."

"그놈 이름이 뭐야?"

"그, 그건 나도 잘 모르……."

북궁천이 허리를 숙이며 발을 향해 손을 뻗었다. 노굉화가 발작하듯이 외쳤다.

"정말이다! 소존의 이름을 아는 사람은 거의 없어!"

멈칫한 북궁천이 한기가 펄펄 날리는 눈을 쳐들고 노굉화를 노려보았다.

"소존이 아기를 하나 데려왔다던데, 들어봤어?"

"드, 들었다."

"지금도 철은보에 있나?"

"그럴 거다. 호, 혹시 아기 때문에 이러는 것이냐?"

푹!

북궁천이 노굉화의 허벅지에 나무 침을 꽂았다.

"아악!"

"아기에 대해서 말해 봐. 아는 것 전부."

第七章

멈추지 마요

　동경을 보며 눈썹을 다듬었다. 하얀 살결에 난 몇 개의 보기 싫은 털을 뽑아내자, 가느다란 눈썹은 여인이 봐도 아름답게 느껴질 정도로 완벽해졌다. 호연유는 흡족한 미소를 지으며 은빛 도관을 머리에 썼다.

　"소존."

　밖에서 들리는 소리에 멈칫한 호연유는 마저 도관을 손본 후 대답했다.

　"무슨 일이냐?"

　"아기가 이상합니다."

　호연유는 눈살을 찌푸리고서 방문을 바라보았다.

"이상하다니? 어디가?"

"얼굴이 파랗게 변하고 젖을 토해 냈는데 숨소리가 매우 거칩니다."

"뭐? 혹시 뭘 잘못 먹어서 체한 거 아냐?"

"속하도 처음에는 그렇게 생각했습니다만 그건 아닌 것 같습니다. 유모 말로는 젖을 먹고 한참 지난 후에도 아무런 이상이 없었다고 합니다."

"그럼 뭐가 잘못되었다는 거냐? 의원은 불렀느냐?"

"예, 소존."

공연히 마음이 불안해진 호연유는 몸을 일으켰다. 아기는 그에게 새로운 즐거움이었다. 백설처럼 하얗고 핏줄이 보일 정도로 투명하고 맑은 피부는 세상의 그 어떤 여인보다 아름다웠다. 보고 있으면 질투심이 들 정도였다.

그는 그 아기를 장난감처럼 생각했다. 세상에서 가장 귀한 장난감. 그런데 그 아기에게 문제가 생겼다고 한다. 방문을 열고 밖으로 나간 그는 곧장 아기가 있는 방으로 갔다.

아기가 있는 방에는 사야승과 유모만 있었다. 방 안으로 들어간 호연유는 침상 위에 눕혀져 있는 아기에게 다가갔다.

푸르스름한 피부. 눈을 꼭 감은 채 숨을 쉬는데 숨소리가 가래라도 끓는 것처럼 거칠다.

"이게 대체 어떻게 된 거냐? 언제부터 이랬지?"

호연유는 아기를 보고 당황한 목소리로 물었다.

유모가 덜덜 떨면서 대답했다.

"이각 전부터 이럽니다, 나으리. 갑자기 젖을 토하고 숨소리가 거칠어지더니 몸이 이렇게……."

픽!

호연유는 신경질적으로 장력을 내쳐서 유모를 구석에 처박았다. 강한 경력에 내부가 진탕된 유모는 두어 번 몸을 꿈틀대더니 조용해졌다.

"병신 같은 년. 아기 하나도 제대로 돌보지 못하다니."

싸늘한 눈으로 유모를 노려본 호연유는 고개를 돌려 사야승을 바라보았다.

"왜 이런 증상을 보이는 거라 생각하시오?"

"아무래도 전부터 몸에 이상이 있었나 봅니다. 상남에서 제일 뛰어난 의원을 데려오라고 했으니 조금만 기다려 보시지요."

반 시진이 지날 즈음 쉰 살가량의 의원이 도착했다.

굳은 표정으로 방에 들어온 의원은 눈치를 보며 아기 앞으로 다가갔다.

"진맥을 해 보시오. 어떤 병인지 정확히 알아내면 큰 상을 내리겠소."

의원은 상이고 뭐고 빨리 이곳을 벗어나고 싶었다.

그도 소문을 들은 터라 철은보를 사악한 천사교 무리가 장악하고 있다는 것을 모르지 않았다.

오래 있어서 좋을 게 없었다. 아기 앞에 앉은 의원은 가녀린 아기의 손을 잡고 진맥을 했다.

일각이 지난 뒤에는 몸 여기저기를 살펴보며 자신의 모든 의학적 지식을 동원해서 아기의 병명을 알아내려 했다.

그렇게 얼마나 지났을까.

의원이 딱딱해진 표정으로 아기에게서 손을 뗐다. 입을 꾹 다문 채 바라보고 있던 호연유가 기다렸다는 듯 물었다.

"무슨 병이오?"

"제 생각으로는 아무래도 절맥증의 일종인 것 같습니다."

"절맥증?"

"예, 공자. 삼양맥이 무척이나 약하고 뒤틀린 것 같아 보입니다. 뛰어난 의원이 손을 봤는지 당장 큰일이 생길 정도는 아닙니다만, 지속적으로 치료를 하지 않으면 문제가 커질 수도 있습니다."

"당신이 치료할 수 있겠소?"

호연유가 뚫어지게 바라보며 다그치듯이 묻자 노의원의 이마에 땀이 맺혔다.

"그게 저…… 솔직히 말씀드리자면, 이 늙은 의원의 실력으로는 치료하기가 쉽지 않은 병입니다. 급한 상황은 넘길 수 있습니다만……"

"그럼 누가 이 아이를 치료할 수 있소?"

"왕옥산 백의곡의 황 신의라면 가능할지도……."

호연유는 이마를 찡그렸다.

왕옥산까지 사람을 보내 신의를 데려오려면 시간이 너무 걸렸다.

'꼭 완치시킬 필요가 있나?'

완치시키진 못한다 해도 당장 급한 상황은 넘길 수 있다지 않은가? 그렇다면 북궁천을 이용할 때까지만 노의원에게 맡겨 놓아도 될 듯했다. 그런데 그 때 사야승이 말했다.

"소존, 절명마의에게 보이면 어떻겠습니까?"

절명마의 곡화산.

성격이 사악하고 괴팍하긴 하지만 의술 실력 하나만큼은 신의와 비견된다는 자다.

그는 천사지존 곁에 머물며 천사교 주요 인물들의 부상과 병의 치료를 도맡고 있었다.

어차피 아기를 자신이 데리고 있는 것보다는 상주로 보내는 것이 나을 것 같다는 생각이 든 호연유는 고개를 끄덕였다.

"흠, 그것도 괜찮은 생각이군. 가서 청사령을 들어오라고 하시오."

*　　　*　　　*

유원당은 군웅들이 모두 자리에 앉자 자리에서 일어났다.

"공격하기 전에 적이 눈치채지 못하게 감시망을 와해시키는 게 우선입니다. 지도를 봐 주십시오."

그는 커다란 탁자 위의 지도를 지휘봉으로 가리켰다.

탁자 둘레에는 각 세력의 대표자 열두 명이 앉아 있었다. 그들은 지휘봉을 따라서 지도를 바라보았다.

서평에서 상남까지는 백 리 길.

언제 적이 공격해 올지 모르는 터라 정파연합과 천사교는 감시를 철저히 하며 상대의 움직임에 촉각을 곤두세웠다.

별 차이가 없는 전력. 감시망을 무너뜨리지 않고 공격을 감행해서는 이긴다 해도 큰 피해를 입을 수밖에 없는 것이다.

군웅들도 유원당이 말하고자 하는 뜻을 알기에 귀를 기울였다.

"이곳과 이곳, 그리고 이곳에 있는 감시망은 반드시 없애야 합니다. 실패하면 계획 자체를 바꿔야 합니다."

등조립이 눈살을 찌푸리며 말했다.

"그냥 힘으로 밀어붙여도 충분하지 않겠소?"

"이길 수는 있겠지요. 하지만 그다음이 문젭니다. 상주에 있는 적의 주력이 꿈틀대고 있습니다. 그들이 내려온다면 큰 피해를 입은 전력으로는 막을 수 없습니다."

"그럼 감시망을 와해시킬 방법은 세웠소?"

유원당은 천천히 고개를 끄덕였다. 고개를 끄덕이는 그의 눈 깊은 곳에서 싸늘한 한광이 번뜩였다가 사라졌다.

"제 말에 따라 주시기만 하면 가능합니다."

"어디 말해 보시구려. 총군사의 명령을 누가 어기겠소이까?"

진왕리가 걸걸한 목소리로 별걱정 다 한다는 듯 말했다.

다른 몇 사람도 고개를 주억거렸다. 서평까지 단숨에 되찾은 유원당이었다. 물론 무력이 뒷받침되었으니 가능한 일이긴 하나, 전과 비교하면 전략 면에서 차이가 컸다.

처음에는 많은 사람들이 조소를 지었지만, 이제는 유원당의 전략을 비웃는 사람이 거의 없었다. 아직 몇 사람은 마음에 안 들어 했지만.

유원당은 그 사람들을 개의치 않았다. 어차피 모두가 그를 따를 거라고는 생각지 않았다.

"좋습니다, 그럼 그렇게 알고 말씀드리지요. 적에게 도망가거나 신호를 보낼 시간을 주지 않기 위해서는 소수의 고수를 보내야만 합니다. 먼저 제가 생각한 분들을 말씀드리지요. 등 대협과 관 대협, 백리 대협, 임 대협……."

유원당은 연합 세력에서 고수라 할 만한 자 스물네 명을 호명했다. 적의 주력도 아니고, 일개 감시망을 와해시키는 일에 투입하기에는 엄청난 전력이었다.

오죽했으면 뜨악한 표정을 짓는 사람조차 있었다. 하지만 유원당은 낯빛 하나 변하지 않고 말을 이었다.

"단숨에 제거하지 않으면 모든 사람의 노력이 공염불이 됩니다. 작전이 시작되면 은밀하고 빠르게 움직여서……."

그의 설명이 이어지면서 가벼운 탄성과 침음이 번갈아 흘러
나왔다.

"호오, 그거 괜찮은 방법이구려."

"으음, 무리하는 감이 없진 않지만, 방법이 그것밖에 없다면
할 수 없지요."

일사천리로 설명을 마친 유원당은 반론할 시간도 주지 않고
조를 짰다. 군웅들을 부를 때 이미 모든 게 준비되어 있었다는
듯, 한 조에 네 명씩 모두 여섯 조가 만들어졌다.

천무회, 무림맹, 삼성궁, 백검맹, 철군성의 고수가 각기 일조
를 이루고, 등조립과 임강령이 강호명숙인 현천검(玄天劍) 육지
광, 대풍쌍객(大風雙客) 경씨 형제와 함께 일조를 이루었다.

유원당은 조를 짜자마자 번갯불에 콩 튀겨 먹듯이 지시를
내렸다.

"이각 후에 출발해 주시기 바랍니다. 여러분이 출발하면 일
각 후에 본진이 출발할 것입니다."

그렇게 빨리?

대부분의 사람들이 어이없다는 표정으로 유원당을 바라보
았다. 하지만 유원당은 입가에 웃음까지 띠어 가며 말했다.

"적이 눈치채기 전에 공격해야 성공 확률이 그만큼 높아지
지 않겠습니까? 제 계책이 마음에 들지 않는 분은 허심탄회하
게 말씀하십시오. 작전에서 빼 드리겠습니다."

두어 사람이 불만스런 표정을 지었지만 겉으로 드러내지는
않았다.

유원당은 겉보기보다 꼬장꼬장했다. 말해 봐야 먹히지도 않
을 게 분명했다. 괜히 사람들에게 눈총만 받을 뿐.

＊　　　＊　　　＊

사야승은 찾아온 손님을 보고 의아한 표정을 지었다.

눈초리에서 혈기가 느껴지는 섬뜩한 인상, 쉰 전후의 나이.
다름 아닌 혈문의 대표라 할 수 있는 혈귀령주(血鬼令主), 혈사
도(血死刀) 우안각이었다.

"이 시간에 우 령주께서 어쩐 일이시오?"

"본 문의 노 당주가 점심 이후부터 보이지 않소."

사야승은 그 말을 듣고 이마를 잔뜩 찌푸렸다.

"점심 이후부터? 그걸 왜 이제야 말씀하시는 것이오?"

"멀리 가지는 않았을 것 같아서 우리 힘으로 찾아보려고 했
소. 그런데 찾을 수가 없지 뭐요."

사야승은 화가 났지만 겉으로 표 내지는 않았다. 우안각은
혈문에서 다섯 손가락 안에 들어가는 고수였다. 또한 혈문의
주인 혈왕(血王) 나종백의 사제이기도 했다. 아직은 이용 가치
가 높은 자, 심기를 건들 필요는 없었다.

"자세히 이야기해 보시오. 어떻게 된 거요?"

"점심 때 술을 한잔하고는 얼큰하게 취해서 뒷간에 간다고 나갔는데 그 후로 보이지 않았다 하오."

"뒷간에 간 후로 사라졌다? 그가 밖으로 나간 것을 본 사람도 없었소?"

"객잔에 있던 사람은 물론 근처의 사람들에게도 모두 물어보았다고 하오. 그런데도 밖에서 노 당주를 본 사람이 아무도 없었다고 하오."

사야승의 이마에 파인 골이 깊어졌다. 쥐눈처럼 작은 눈이 더욱 작아졌다. 술에 취했다면 길을 잃었을 수도 있었다. 아니면 어디 구석진 곳에 가서 곯아떨어졌든가.

하지만 그것도 짧은 시간일 때 이야기다. 두 시진이 넘도록 안 나타났다면 가능성은 둘뿐. 도망갔든가, 아니면 납치되었든가.

"혹시 싸우는 게 무서워서 도망간 것은 아니오?"

"우리 혈문의 간부는 싸우는 걸 두려워하지 않소. 더구나 노 당주는 싸우는 걸 즐기는 성격이어서 도망칠 사람이 아니오."

우안각이 기분 상한 표정을 지으며 투박한 목소리로 대답했다. 사야승도 우안각의 기분을 모르지 않았지만 신경 쓰지 않았다.

도망치지 않았다면 납치되었다는 말. 문제가 심각했다.

그나마 다행이라면, 노굉화가 간부이긴 해도 아는 것이 많지 않다는 점이었다.

"알았소이다. 본인이 한번 알아보도록 하지요."

그가 알아보려는 것은 우안각이 원하는 것과 달랐다. 하지만 우안각은 사야승의 속내를 알 수가 없었다.

"그럼 부탁하겠소."

사야승은 우안각이 나가자 잠시 생각을 정리한 뒤에 밖을 향해 말했다.

"미산을 불러와라."

잠시 후.

삼십 초반의 싸늘한 표정을 지닌 늘씬한 여인이 방 안으로 들어왔다. 그녀는 녹의를 입고 있었는데, 걸음을 옮기면서 치마가 너풀거릴 때마다 하얀 속살이 살짝살짝 드러났다.

사밀령 다섯 조장 중 유일한 여인인 독심요(毒心妖) 사미산. 그녀는 사야승의 친동생이기도 했다.

"부르셨어요, 오라버니?"

"미산, 장원 안에 정파 놈들이 풀어 놓은 박쥐가 몇 마리나 들어와 있느냐?"

"현재까지 세 마리가 확인되었어요."

"지금 즉시 그들을 모두 잡아들여."

"예."

"그리고 놈들 중 혈문의 추혈당주 노굉화를 아는 놈이 있는지 알아봐라."

"제가 갖고 놀아도 돼요?"

"네 마음대로 해. 대신 정보를 확실하게 알아내야 한다."

순간, 사미산의 얇은 입술 사이로 하얀 이가 드러났다. 섬뜩함이 느껴지는 미소였다.

"호호호호. 고마워요, 오라버니."

* * *

석양이 진령의 산줄기로 곤두박질칠 무렵, 임표와 구자강이 관운묘로 돌아왔다.

"아직 별다른 움직임은 없습니다, 주군."

"송문과 담운은?"

"무사히 안으로 들어갔습니다."

북궁천은 삼룡과 이객을 대동하고 관운묘를 나섰다.

유원당은 시간을 오래 끌지 않을 것이다. 싸움을 오래 끌어서 좋을 게 없다는 걸 모를 그가 아니다.

적의 주력이 합류하기 전에 상남을 차지해야 천사지존을 압박할 수 있을 터. 하루 이틀 안에 공격을 시작할 것이 분명하다. 그 전에 아기를 구해 내야 한다.

상남을 오른쪽으로 끼고 서쪽을 빙 돌아가던 북궁천이 발걸음을 멈췄다.

석양이 산속으로 숨으면서 어스름이 상남을 뒤덮고 있었다.

그가 서 있는 곳은 서쪽 대로가 끝나는 지점에서 백여 장 정도. 어두워지기 시작하는 서쪽 대로의 한 건물 앞에서 움직이는 사람이 보였다.

'소동동.'

그랬다. 녹의를 입고 바쁘게 움직이는 사람은 당화점의 여주인인 소동동이었다. 점포 앞을 오가는 모습이 활기찬 걸 보니 구양우경으로 인해 겪었던 아픔을 털어 낸 듯 보였다.

건물이 전과 다르게 보였는데, 그녀가 원하던 대로 돈을 들여서 보수한 듯했다. 북궁천은 그 모습을 보자 마음이 조금은 편해졌다.

그가 살아오면서 미안함을 느끼는 극소수 중 하나가 그녀였다. 본의 아니게 미끼가 되어서 여인으로서 가장 두려운 상황에 처했으니 자신을 원망한다 해도 할 말이 없었다.

'그래, 좋은 남자 만나서 행복하게 살아라.'

북궁천은 진심으로 그녀의 행복을 빌어 주고 다시 발걸음을 옮겼다. 영문도 모르고 멈춰 섰던 삼룡이객은 의아한 표정으로 북궁천을 따라 이동했다.

그런데 이십여 장 걷던 북궁천이 또 걸음을 멈췄다.

"왜 그러십니까, 주군?"

장추람이 궁금증을 참지 못하고 물었다. 북궁천은 손을 들어서 장추람의 입을 막고 당화점이 있는 곳을 바라보았다.

건물 앞에서 바삐 움직이던 소동동은 보이지 않았다. 대신 두 사람이 당화점 앞을 오가고 있었다. 그들이 눈에 거슬렸다.

두 사람은 평범한 마을 사람이 아니었다. 무기를 들진 않았지만 무공을 익힌 자들이었다. 그것도 상승의 무공을 익힌 자들.

그들은 당화점을 교차하며 지나쳐서 십여 장 걸어간 후 자연스럽게 몸을 돌려서 다시 당화점으로 향했다.

그리고 인근에 오가는 사람이 없다는 것을 확인하고는 당화점 안으로 스며들 듯이 사라졌다.

눈살을 찌푸린 북궁천은 몸을 돌려서 당화점으로 향했다.

장추람이 그 모습을 보고 의아한 표정을 지었다.

"주군, 왜 그러십니까?"

"잠깐 들러야 할 곳이 있다."

장추람은 물론 냉호와 철교신, 이객도 놀란 표정을 감추지 못했다. 아들을 구하러 가는 중이다. 북궁천에게 어떤 일이 그보다 중요할 수 있단 말인가!

그런데 아들을 구하러 가는 일조차 미루고 들러야 할 곳이 있단다.

"누굴 만나러 가는 겁니까?"

"소동동."

"예? 여잡니까?"

"맞아. 아주 착한 애지"

북궁천은 당화점까지 가는 동안 소동동에 대해서 간략히 말해 주었다.

자신이 구양우경을 잡기 위해서 미끼로 썼다는 것. 하마터면 정말로 당할 뻔했다는 것. 이용했다는 것을 알고도 오히려 자신에게 걱정하지 말라는 말을 했다는 것 등.

삼룡과 이객은 북궁천이 진아를 구해서 떠나기 전에 그녀를 한번 보기 위해서 가는가 보다 했다.

북궁천의 말대로라면 그럴 만한 가치가 있는 여자였다. 하지만 북궁천의 이어진 말을 듣고 그게 아니라는 걸 알았다.

"그런데 조금 전에 수상한 놈 둘이 당화점에 들어갔다. 아무래도 수상해."

북궁천은 뒷짐을 지고 혼자서 당화점 안으로 들어갔다.

"동동, 당과 좀 다오."

소동동의 대답이 들리지 않았다. 나중에 안으로 들어간 두 사람도 보이지 않았다.

북궁천은 자연스럽게 안채 쪽으로 들어갔다.

"어디 갔나?"

마치 잘 아는 사람의 집인 것처럼 거침없이 발걸음을 옮긴 그는 방문의 문고리를 잡았다.

그 때 방문이 열리고 삼십 대 장한 하나가 얼굴을 내밀었다.

"오늘은 장사 끝났네."

"처음 보는 분 같은데, 누구요?"

"나는 소동동의 오빠네. 오늘은 일이 있어서 일찍 문을 닫을 것이니 그만 가 보게."

북궁천의 입가에 냉소가 걸렸다.

"웃기는 놈이군. 동동은 내 동생인데, 나 말고 무슨 오빠가 또 있다는 거지?"

하필 찾아온 놈이 오빠라니.

장한은 일이 꼬였다는 걸 알고 방법을 바꾸었다.

어깨너머로 손을 올린 그는 등 뒤의 도를 빼며 번개처럼 휘둘렀다.

절정 경지의 쾌도!

방문이 소리 없이 사선으로 갈라지며 예리한 도광이 번뜩였다. 사사령 중 하나인 그는 자신의 무공에 자신이 있었다. 천하의 누구도 이 거리에서는 자신의 칼을 피하지 못하리라! 하지만 애석하게도 그의 상대는 북궁천이었다.

북천의 주인 북천마제. 천사교의 고수 셋을 혼자서 저승으로 보내 버린 염왕. 소존 호연유를 공포에 질리게 만든 장본인.

북궁천의 주먹은 그의 칼보다 빠르고 강했다.

쾅!

웅혼한 북두패왕권에 방문의 문고리 부분이 통째로 터져 나가며 장한의 몸이 뒤로 날아갔다. 북궁천은 앞이 뚫리자 방 안 저편을 바라보았다.

장한 하나가 소동동의 목에 차가운 빛을 발하는 칼을 대고 있었다.

"움직이면 이 계집의 목이 떨어질 것이다."

북궁천은 듣지 못한 사람처럼 무심하게 말하며 방 안으로 들어갔다.

"동동의 몸에서 피가 한 방울이라도 나오면, 너는 지옥에 빠진 고통이 어떤 것인지 직접 겪게 될 거다."

그 때 바닥에 널브러져 있던 장한이 꿈틀거리며 일어나려고 했다. 그의 가슴에는 부서진 방문의 파편이 박혀서 움직일 때마다 피가 뚝뚝 떨어지고 있었다.

북궁천은 아무런 망설임도 없이 장한을 걷어찼다.

퍽!

"커억!"

일 장을 날아간 장한은 쿵 소리와 함께 벽 중간에 처박혔다가 떨어졌다.

북궁천은 아무 일도 없었다는 듯 소동동을 향해 다가갔다.

소동동을 인질로 잡고 있던 장한이 그 모습을 보고 눈을 부릅떴다.

이런 일이 벌어질 거라고는 꿈에도 생각지 못한 그였다. 공포와는 거리가 먼 그이거늘, 등골을 타고 식은땀이 흘렀다.

"물러서!"

"내가 한 말 명심해."

"다가오지 말라니까!"

북궁천의 시선이 소동동을 향했다.

"동동, 멈출까?"

소동동은 두려웠다. 너무 두려워서 온몸이 사시나무처럼 떨렸다. 그러나 이미 장한들에게서 자신을 잡아가려는 목적을 들은 그녀였다.

장한들에게 잡혀가면 죽음보다 더한 일이 벌어진다는 것을 너무나 잘 알았다. 그녀는 안으로 들어선 사람이 모습은 조금 달라도 북궁천이라는 사실을 직감적으로 알아채고 떨리는 입술을 질끈 깨물었다.

"아뇨, 멈추지 마요."

"들었지? 동동은 너 따위에게 겁먹을 여자가 아니야. 간이 아주 크거든."

"멈추지 않으면 정말 죽인다!"

"마기가 느껴지는 걸 보니 천사교 놈이군. 천사교의 잡졸이 감히 동동을 노리다니."

음울한 목소리가 나직이 흘러나오는가 싶더니, 순간적으로 북궁천의 신형이 흔들렸다.

흠칫한 장한은 소동동을 끌고 뒤로 물러나려 했다.

그에게는 소동동을 임의대로 죽일 권한이 없었다. 그의 주인은 반드시 그녀를 살려서 데려오라고 했으니까.

그런데 거짓말처럼 불쑥 허공에서 튀어나온 손이 소동동의 목에 대어진 칼을 덥석 잡았다.

대경한 장한은 급히 칼을 잡아당겼지만 꿈쩍도 하지 않았다. 오히려 칼을 통해서 밀려든 가공할 기운에 온몸이 떨리며 손가락 하나 까딱할 수가 없었다.

"크흡!"

신음을 집어삼킨 그가 멈칫한 순간, 북궁천의 우권에서 뻗어 나간 막강한 기운이 장한의 머리를 후려쳤다.

쾅!

장한은 머리가 기괴하게 틀어진 채 침상 건너편 벽에 처박혔다. 북궁천은 그를 살려서 많은 이야기를 듣고 싶었다. 하지만 소동동의 안전을 위해서는 힘을 아낄 여유가 없었다.

다행히 한 놈이 아직 살아 있기도 했고.

아쉬움을 손에 들린 칼과 함께 바닥에 버린 그는 소동동을 바라보았다.

"괜찮아?"

소동동은 눈물이 범벅된 얼굴로 웃으면서 고개를 끄덕였다.

"예, 괜찮아요."

"저놈에게 몇 가지 물어볼 동안 마음을 가라앉혀라."

몸을 돌린 북궁천은 처음 칼을 휘둘렀던 장한을 내려다보았다.

강력한 충격에 내부가 진탕된 그는 바닥을 손톱으로 긁으며 기고 있었다.

그 때 철교신이 방 안으로 들어왔다.

"다른 자들은 없습니다."

뒤이어 장추람이 맞은편 방에서 나오며 말했다.

"주군, 이 방에 노인 하나가 죽어 있습니다."

그 말에 소동동이 눈을 질끈 감고 눈물을 주르륵 흘렸다.

"할아버지……."

북궁천은 착잡한 표정으로 그녀를 바라보고는 장추람에게 시신을 치우게 했다.

"교신, 저쪽에 있는 쓰레기를 치워라. 추람은 동동을 옆방으로 데려가도록 하고."

북궁천은 장한을 심문하면서 큰 기대를 하지 않았다.

뒤늦게 떠올랐지만 그는 두 장한을 본 적이 있었다. 두 놈은 소존과 함께 나타났던 넷 중 둘이었다. 온몸을 갈기갈기 찢어도 입을 열 자들이 아니었다.

혈문의 간부인 노굉화와는 근본적으로 다른 자들.

그래서 그는 직접적인 질문을 피하는 대신, 때로는 넘겨짚고, 때로는 슬슬 답을 유도해 보았다.

"소존이 왜 소동동을 잡아 오라고 했지?"

지시를 내린 사람이 소존이 아닐 수도 있었다. 그런데도 그리 물은 것은 구양우경 때문이었다. 왠지 모르게 느낌이 비슷했다.

장한은 입술을 씹으며 조소를 지었다.

"네가 아무리 괴롭혀도 내 입을 열 수는 없을 거다. 알고 싶으면 그분께 직접 물어봐라."

북궁천은 그의 대답에 만족했다. 그의 대답은 소동동의 납치를 지시한 사람이 소존임을 말해 주고 있었다.

"소존도 구양우경과 같은 놀이를 즐겼나 보군. 소존도 명화회 사람인가?"

장한은 대답하지 않았다. 명화회라는 명칭이 나왔을 때 눈빛이 잠깐 흔들렸을 뿐.

일개 수하가 명화회를 안다?

북궁천의 눈빛이 무저갱처럼 깊어졌다.

'소존, 그놈도 명화회 회원이었군.'

순간 '호 형'이라는 호칭이 떠올랐다.

임강령이 장안에 사는 '호 형'을 알아봤지만, 호씨 성을 쓰는 강호 인사는 장안 일대에 없었다.

그런데 천사종의 이름이 호연도광이다. 소존이 그의 아들이라면 호연이라는 성을 쓸 터. '호 형'이 어쩌면 소존일지 몰랐다.

북궁천은 그 사실을 확인하기 위해서 또 한 번 넘겨짚어서 물어보았다.

"소존과 구양우경이 만나는 것을 보았을 텐데, 그들은 몇 번이나 만났지?"

장한은 입을 꾹 다물고는 인정도 부정도 하지 않았다.

그러나 북궁천은 장한의 행동과 눈빛을 보고 최소한 한 가지만큼은 확신할 수 있었다.

두 사람이 만났다는 걸. 둘이, 아니, 선우중까지 셋이 명화회 회원이라는 걸.

그렇다면 소존이 소동동을 택한 것도 구양우경 때문일 것이 분명했다.

결국 따져 보면 이번에도 자신 때문에 소동동이 납치당할 뻔했던 것이다.

"마지막으로 하나만 더 묻겠다. 누군가가 아기를 하나 데려왔을 것이다. 어디에 있는지 정확한 장소만 말하면 고통 없이 죽여 주겠다."

장한이 고개를 쳐들었다. 처음으로 눈빛이 파르르 떨렸다.

"어디서 본 것 같다 했더니…… 너였구나."

"내가 누군지 알았으면 대답해라. 아기는 어디에 있지?"

"지옥에 있다. 흐흐흐흐."

우두둑!

북궁천은 장한의 발목을 밟아서 부쉈다. 뼈가 살을 찢으며 튀어나오고 핏물이 솟구쳤다.

"끄으으으으으."

장한은 고통에 몸부림치며 부들부들 떨었다.

"아기는 아무 이상이 없느냐?"

"끄어어어, 네놈도 곧…… 끄아아악!"

북궁천의 발이 장한의 무릎을 으깼다.

그는 서리서리 한기를 뿜어내는 눈빛으로 장한을 바라보며 고저 없는 목소리로 말했다.

나직한 목소리가 마치 유부에서 흘러나오는 듯했다.

"아기와 관련된 놈들은 절대 용서하지 않을 거다. 죽고 싶어서 안달하게 만들어 줄 거다. 백이면 백, 천이면 천. 모두 죽여서 지옥으로 보내 줄 것이다."

어차피 입을 열지도 않을 터. 시간만 아까울 뿐.

퍽!

북궁천은 기절한 장한의 턱을 차서 뇌를 터트려 버렸다.

"기다려라. 곧 소존이라는 놈도 따라갈 테니까."

소동동은 양 노인의 죽음 앞에서 눈물을 훔쳤다.

북궁천은 그녀 뒤에 서서 착잡한 표정으로 말했다.

"놈들이 또 너를 노릴지 모른다. 잠시 이곳을 비우고 다른 곳에 가 있어라."

"예, 아저씨."

"아저씨가 아니라 오빠라고 했잖아. 얼마나 됐다고 벌써 잊었어?"

눈물을 뚝뚝 흘리던 소동동이 풀썩 웃었다.

작년 겨울 헤어질 때 분명히 그렇게 말했다. 아직 장가도 가지 않았으니 오빠라고.

그리고 조금 전에도 동동의 오빠라고 했었다.

그녀는 정말 북궁천 같은 오빠가 하나쯤 있었으면 싶었다.

"알았어요. 그런데 어디로 가죠? 저는 친척도 없어서 마땅히 갈 곳이 없어요."

북궁천은 문득 한 곳이 떠올랐다.

"원래 등잔 밑이 어두운 법이라 했다. 마음에 걸릴지 몰라도 지금으로선 그곳이 제일 나을 것 같다."

"어딘데요?"

"관운묘."

소동동의 눈빛이 흔들렸다.

관운묘는 그녀에게 있어 두 번 다시 떠올리기 싫은 장소였다. 생각하는 것만으로도 소름이 돋고 손발이 떨렸다.

북궁천은 그래서 더 소동동이 관운묘에 가기를 바랐다.

"어차피 모든 걸 이겨 내려면 그곳에 대한 두려움마저 떨쳐야 한다. 너라면 할 수 있을 거다."

소동동은 입술을 잘근잘근 깨물며 북궁천을 올려다보았다.

"정말 그곳에 가면 안전할까요?"

"최소한 다른 곳보다는 나을 거다."

숨을 깊게 들이쉰 소동동은 안간힘을 다해서 고개를 끄덕였다.

"알았어요. 가라면 갈게요."

한쪽에 서 있던 장추람은 입술을 질끈 깨문 소동동을 묘한
눈빛으로 바라보았다.

그도 이야기를 들은 터라 관운묘가 그녀에게 어떤 의미인지
잘 알고 있었다.

이 세상에서 그러한 일을 겪고도 그곳에 갈 수 있는 여인이
얼마나 될까?

그걸 생각하면 소동동이라는 여인의 용기는 정말 대단했다.

얼굴도 귀엽고, 눈빛도 맑고……

"추람, 뭘 그렇게 뚫어지게 쳐다봐?"

"응? 아, 아니. 그냥…… 나이도 어린 여자가 대단하잖아?"

장추람은 냉호의 갑작스런 질문에 얼버무리며 대답했다. 그
러자 북궁천과 철교신도 그를 쳐다보았다. 장추람이 여자를
대하며 당황한 표정을 지은 것은 처음이었다.

"왜, 왜 그런 눈으로 보시는 겁니까, 주군?"

"나도 그냥. 추람이 당황하니까 신기해서."

머쓱해진 장추람이 툭 쏘듯이 말했다.

"당황하긴 누가 당황했다고 그러십니까? 소군 구하러 안
가실 겁니까?"

"가야지. 그런데 왜 얼굴이 붉어져? 진짜 이상하네."

*   *   *

"으으으으, 왜 나를……?"

혈도가 풀린 강두하는 고개를 쳐들고 앞을 바라보았다.

일 장 앞에 여인이 앉아 있었다.

싸늘한 표정, 눈초리가 치켜 올라간 작은 눈, 얇은 입술. 한눈에 독랄한 심성을 짐작할 수 있는 인상이었다.

그녀는 다리를 꼬고 앉아 있는데, 갈라진 녹색 치마 사이로 하얀 허벅지가 훤히 보였다.

"너만 잡아 온 것이 아니다. 저기에 네 친구들도 있지."

사미산은 강두하가 자신의 허벅지를 보고 있다는 것을 알고도 그냥 놔두었다.

보라고 그런 옷을 입고 그렇게 앉아 있는 것이니까. 흠칫한 강두하는 사미산이 턱짓으로 가리킨 곳으로 고개를 돌렸다.

순간 몸이 부르르 떨렸다.

벽에 시뻘건 고깃덩이가 두 덩이 걸려 있었다. 머리만 달려 있지 않았다면 영락없이 푸줏간의 고깃덩이였다.

그 고깃덩이의 주인은 둘 다 자신이 아는 사람들이었다.

'이 형, 조 형!'

이를 으스러져라 악문 강두하는 고개를 늘어뜨리고 바닥을 내려다보았다.

"제법 질기더군. 잠은각의 요원이라는 것을 알기 위해서 내가 아는 스물일곱 가지 고문술 중 아홉 가지나 사용해야 했지."

사미산의 말에 강두하의 몸이 잘게 떨렸다.

잠은각 요원은 죽음이 닥쳐도 입을 열지 않는다. 그 입을 열었다는 것은 그만큼 눈앞의 여인이 악독한 고문술을 썼다는 뜻이었다.

겁이 났다.

잠은각 요원 중에서도 특별 교육까지 받은 조장인 그가.

"사실 알아낼 것은 거의 다 알아냈어. 네가 저들을 지휘한다는 것까지 말했으니까."

차라리 죽는 게 나았다.

그러나 자신에게는 혀를 깨물 힘도 없었다. 기껏해야 나직하게 말할 수 있는 정도의 힘만이 남아 있을 뿐.

'일단은 견디는 데까지 견뎌 보는 수밖에.'

강두하는 천천히 고개를 저었다.

"내가 아는 것은 저들도 안다. 나는 더 할 말이 없다."

"호호호호. 정말 귀여운 놈이군. 나를 즐겁게 해 주기 위해서 버텨 보겠다니."

웃음소리, 목소리에서 정말 즐거워하고 있다는 게 느껴진다. 눈앞에 있는 계집은 미친년이 분명했다. 강두하는 입을 굳게 다물었다. 이제부터는 죽을 때까지 함구하는 게 그의 마지막 임무였다.

그 때 사미산이 의자에서 일어나 그에게 다가갔다. 강두하의 코앞까지 다가간 사미산이 쪼그려 앉았다.

하얀 허벅지가 더욱 자세히 보였다.

강두하는 눈마저 질끈 감았다.

"보기 싫어? 더 깊은 곳을 보여 줄까? 눈 떠 봐. 어서⋯⋯."

끈적끈적한 사미산의 목소리가 강두하의 귓속으로 스며들었다. 가늘게 떨리는 목소리에는 묘한 요기가 녹아 있었다.

강두하는 자신도 모르게 눈을 반쯤 떴다. 사미산이 쪼그려 앉은 채 하얀 허벅지를 천천히 벌리고 있었다.

"보여? 어때?"

강두하의 숨이 거칠어졌다. 눈도 붉게 달아오르고, 아랫도리가 터질 것처럼 부풀었다.

자신도 이해할 수 없는 반응.

뒤늦게 입안에서 단맛이 느껴진 그는 몸을 잘게 떨며 입을 열었다.

"나에게 무슨 짓을 한 거냐?"

"무슨 짓? 아, 내가 가진 약을 조금 먹였지."

"이 사악한 계집!"

"호호호호, 맞아, 나는 내가 생각해도 사악해. 그래도 남자에게 천상에서 노니는 황홀함을 선사할 줄은 알지."

"나를 모욕하지 말고 죽여라!"

"조장이면 조금이라도 더 아는 게 있을 거야. 어서 말해 봐. 노굉화를 알아, 몰라? 순순히 말하면 너는 죽을 때까지 나를 가질 수 있어. 어때? 저 사람들처럼 고통을 겪으며 죽는 것보다는 낫지 않아?"

"나는 절대······."

사미산이 거부하려는 강두하의 머리채를 잡아서 한쪽으로 던졌다.

혈도를 제압당한 강두하는 떼굴떼굴 굴러서 고깃덩이가 매달려 있는 앞에서 멈췄다.

피가 흥건한 바닥에서 천장을 보고 누운 상태.

피비린내가 코를 찔렀다. 고깃덩이로 변한 동료가 위에 매달려 있었다.

강두하는 눈을 질끈 감고 숨을 쉬지 않으려 했다.

하지만 소용이 없었다. 숨은 더욱 거칠게 흘러나오고, 눈을 감았는데도 미친 계집의 허벅지 사이가 눈앞에서 어른거렸다.

그 때 부드러운 손이 그의 아래를 쓰다듬었다. 터질 듯이 부푼 아랫도리가 꿈틀거리며 반응을 보였다.

"그거 알아? 네가 버틸수록 나는 즐겁다는 거. 버틸수록 그게 오래가거든. 깔깔깔깔!"

사미산이 깔깔거리며 강두하의 바지를 확 끌어내리고는 철주 위에 걸터앉았다.

第八章

잠입(潛入)

"배 속이 왜 이리 이상하지?"

지송문은 저녁 먹은 게 잘못된 것 같다며 배를 움켜쥐고 뒷간에 갔다.

그리고 숙소로 돌아가면서 은화원을 살펴보았다.

마침 그의 숙소와 뒷간 사이에서 은화원이 보였다. 거리가 제법 멀긴 했지만 대략적인 상황을 살필 정도는 되었다.

'저기군.'

화톳불이 타오르기 시작한 은화원의 경비 상황은 겉보기에 다른 곳과 크게 다르지 않았다.

그러나 안쪽은 바깥쪽과 달랐다.

멀리서 보는데도 섬뜩함이 느껴질 정도로 예리한 기운이 흘렀다. 보이지 않는 감시자들이 곳곳에 숨어 있다는 뜻.

절정고수라 해도 멋모르고 들어갔다가는 목숨을 건사하기 어려울 듯했다.

"거기서 뭐 하는 거요?"

경비무사 하나가 인상을 쓰며 지송문을 향해 다가왔다.

"저녁 먹은 게 이상이 있었나 봅니다. 속이 부글부글 끓어서 뒷간에 다녀오는 길이오."

"밤에는 함부로 돌아다니지 마시오. 혼난 다음에 후회하지 말고."

"알겠소이다."

지송문은 머리를 긁적이며 숙소 쪽으로 몸을 돌렸다.

그러다 갑자기 생각났다는 듯 경비무사에게 물었다.

"해지기 전에 아기 울음소리가 들리는 것 같던데, 어디서 난 소리요?"

"아기는 무슨? 고양이 우는 소리겠지."

"아닌데? 분명히 저쪽에서 들렸는데. 이상하네, 내가 잘못 들었나?"

지송문은 고개를 갸웃거리며 은화원 쪽을 가리켰다.

"아아, 그 소리?"

경비무사는 그제야 생각났다는 듯 무의식적으로 은화원을 돌아다본 후 짜증을 내듯이 지송문을 다그쳤다.

"쓸데없는 것에 신경 쓰지 말고 들어가시오. 이제 안 들릴 테니까."

지송문은 그쯤에서 물러섰다.

아기가 은화원에 있는 것은 분명한 듯했다.

소존이 곁에 둘 정도라면 마제의 아기가 확실했다.

'그런데 이제 안 들릴 거라는 말은 뭐지?'

왠지 말뜻이 이상했지만 더 물으면 의심할 것 같았다.

'대주를 구워삶아서 한번 알아봐야겠군.'

숙소로 돌아간 지송문은 동철귀에게 최대한 가까이 접근했다.

인원수에 비해서 숙소가 좁다 보니 대주인 동철귀도 자신의 방을 따로 갖지 못한 상태였다.

적당한 거리의 빈자리에 벌러덩 누운 지송문은 혼잣말처럼 투덜거렸다.

"지미, 나도 이제 천사교 사람인데 왜 돌아다니지 못하게 하는 거야? 뒷간도 마음대로 못 가고, 그냥 나가 버릴까?"

동철귀가 낚시에 걸려들었다.

"들어올 때는 네 맘대로 들어왔을지 몰라도 나가는 것은 마음대로 할 수 없다."

"제길, 그럼 어디는 어째서 갈 수 없는지 이유라도 알려 줘야 할 거 아뇨? 그래야 위험한 곳은 안 가지 않겠수?"

담운이 슬쩍 말을 보탰다.

"나도 아까 뒷간에 다녀오는데 경비들이 어찌나 눈을 부라리는지 짜증이 나지 뭐요."

곽태문도 고개를 끄덕였다.

"두 친구 말이 맞소. 금지가 있으면 미리 알려 주시오, 대주."

동철귀가 생각해도 맞는 말이었다.

시간이 늦어서 아침이 되면 교육을 시키려고 했는데, 지금 해도 나쁘진 않을 것 같았다.

잠결에 뒷간 간다고 나갔다가 엉뚱한 일이라도 벌어지면 자신만 곤란해지니까.

"좋아, 그럼 알려 주지. 전부 귀를 후비고 잘 들어라. 먼저 함부로 접근하면 안 될 곳부터 알려 주겠다. 첫째, 소존과 장로들이 계시는 은화원 근처……."

동철귀는 대충 주의 사항을 말하고 말미에 으름장을 놓았다.

"들어가지 말라는 곳 들어갔다가 죽으면 너희들만 손해다. 그러니 조심해."

지송문이 그쯤에서 넌지시 물었다.

"대주, 좀 전에 나갔을 때 말이오. 고양이가 우는 소린지, 아기가 우는 소린지 몰라도 이상한 소리가 은화원이라는 곳에서 나던데, 웬 울음소리요?"

"아기 우는 소리를 들었나 보군."

"아기요? 누구 아기인데 전쟁 한복판에 있는 거요?"

"왜 그 일이 궁금한 거냐?"

"아니, 이런 곳에 아기가 있다는 게 하도 이상해서 물어본 것뿐이오."

"신경 꺼."

"그러죠, 뭐."

아기가 있기는 있나 보다. 문제는 정확한 위치였다.

'제기랄, 들어가면 들킬 거 같고…… 별수 없이 주군께서 오시기를 기다려야 하나?'

*　　*　　*

"놈들은 노굉화에 대해서 모르고 있었어요."

사야승은 사미산의 보고를 받고 이마를 찌푸렸다.

간자가 모르고 있다면 정파연합은 노굉화의 납치와 관련이 없다는 뜻이었다.

또 다른 조직이 저지른 짓이라 해도 최소한 비슷한 정보라도 알고 있어야 했다.

노굉화는 혈문의 추혈당주. 그를 제압해서 흔적도 없이 납치할 만한 자가 누구란 말인가?

'화산파나 종남파가 움직인 것 아닐까?'

그럴 가능성도 배제할 수 없었다. 하지만 그들은 천사교 무리가 우글거리는 상남까지 들어와서 노굉화를 납치할 만한 배짱이 없었다.

그럴 배짱이 있다면 산속 깊은 곳에 웅크리고 있지도 않을 것이다. 지금이야 정파연합을 믿고 조금씩 꿈틀거리고 있지 만.

느낌이 이상했다.

'누가 본 교와 정파연합 간의 싸움에 끼어들었나?'

납치가 확실하다면 그럴 가능성이 높다.

그런데 그럴 만한 자들이 정확하게 떠오르지 않았다.

결코 개인은 아니다. 정파연합에 또 다른 세력이 끼어든 걸까? 아니면 호북의 전검문이?

정사 중간인 전검문은 항상 북쪽으로의 진출을 궁리했다. 천사교를 무너뜨리는 데 힘을 보태면 북진에 탄력을 받을 터. 더구나 그들은 혈문과 좋지 않은 관계가 아닌가.

가능성이 없진 않았다.

그러나 사야승은 고개를 저었다.

아직 전검문이 움직였다는 정보는 없었다. 게다가 노굉화가 당주이긴 해도 그다지 중요한 인물은 아니었다.

자신들의 정체가 드러날지도 모르는데 그를 납치한다는 것은 앞뒤가 맞지 않았다.

"으음, 대체 어떤 놈들이 노 당주를 납치했는지 모르겠군."

사야승이 골치 아프다는 표정을 지으며 말하자, 사미산이
한마디 했다.

"혹시 노굉화가 여자를 밝히거나 하진 않나요?"

"여자를 탐하기 위해 몰래 빠져나갔다고 생각하는 거냐?"

"그럴 수도 있잖아요?"

"그가 비록 성격이 급하긴 해도 상황을 분간 못 할 정도로
멍청이는 아니야."

"이것도 저것도 아니라면 오라버니 말대로 누군가가 납치
했을 가능성이 가장 크다는 건데, 필요한 게 있으니 그를 납
치했을 것 아니에요?"

"그거야 그랬겠지."

"그를 필요로 할 만한 자로 누가 있죠? 혈문에 대한 정보
를 알고 싶은 건 아닐 것이고, 기껏해야 이곳에 대한 정보를
얻는 것 정도일 텐데."

철은보의 정보를 필요로 하는 자?

그 때 문득 사야승의 뇌리에 한 사람이 떠올랐다.

'혹시 단화린, 아니, 북궁천이?'

하지만 그는 내향에 있다. 그에게 보낸 자가 말을 전했다
해도 날아서 오지 않는 이상 아직 도착할 때가 아니다.

'아냐, 그자의 무공이라면 충분히 올 수 있어!'

범인이 그라면 즉시 소존에게 알려야 한다.

문제는 그일 가능성이 적다는 것이다.

소존은 북궁천에게 정신적으로 눌려 있는 상태. 아기로 인해 어느 정도 자신감을 찾긴 했으나 아직 완전하진 않았다.

공연히 그에 대한 이야기를 꺼내봐야 신경만 날카로워질 뿐. 사야승은 확실치도 않은 이야기를 꺼내서 신경질적인 소존을 대하고 싶지 않았다.

차라리 자신의 선에서 대책을 세우는 게 낫지.

'그가 진짜 범인이라면 이곳에 몰래 들어올 가능성이 있다.'

그렇다면 감시를 지금보다 늘리고 언제든 대처할 수 있는 준비를 해 놓아야 했다.

"미산, 가서 초마를 오라고 해라."

사미산의 이마에 골이 파였다.

초마는 사밀영 일조 조장으로 성격이 목석같아서 영 마음에 들지 않는 자였다.

"그 감정도 없는 살귀는 왜요?"

"아무래도 심상치 않아. 경비를 강화해야겠어."

*   *   *

북궁천은 구자강을 남겨 소동동을 돕게 하고 당화점을 나왔다.

어차피 모두가 철은보에 들어갈 수는 없었다.

많은 사람이 들어가면 그만큼 발각될 확률이 높았다. 그래서 장추람과 냉호, 철교신과 임표도 바깥에 대기시켜 놓고 필요할 때 부를 생각이었다.

장추람과 냉호가 따라서 들어가겠다고 우겼지만 한마디로 눌러 버렸다.

"진아가 잘못되면 너희들이 책임질래?"

장추람과 냉호는 책임질 만한 배짱이 없었다. 책임질 방법도 없고.

철교신과 임표는 처음부터 북궁천의 명령을 거부하지 않았다.

꼭 안으로 들어가야만 도와줄 수 있는 것은 아니었다. 밖에서도 할 수 있는 일이 많았다.

그렇게 철은보에서 이백여 장 떨어진 곳에 도착한 북궁천은 전면을 응시했다.

술시가 거의 다 지나가는 시각.

철은보 곳곳에서 화톳불이 타오르며 일대를 불그스름하게 물들이고 있었다.

"송문과 담운이 나오면 밖에서 저들의 이목을 끌어라. 적당히 하고 물러서. 욕심내다 포위되면 골치 아파지니까."

"걱정 마십쇼, 주군."

장추람은 당연히 그렇게 하겠다는 듯 시원하게 대답했다.

그러나 마음은 결코 그렇지가 않았다. 최대한 적의 이목을 끌어야 주군이 그만큼 편해지는 것이다.

북궁천이 왜 그 마음을 모를까?

"나를 수하나 버리고 가는 나쁜 놈으로 만들지 마라, 추람."

"누가 뭐라고 했습니까? 걱정 마십쇼."

북궁천은 못 미더운 눈으로 장추람을 째려보고는 철은보를 향해 몸을 돌렸다.

"냉호, 너라도 내 말대로 해. 그럼 이따가 관운묘에서 보자"

"소군을 꼭 구하십쇼."

"그래야지."

북궁천은 나직이 답하고 철은보를 향해 신형을 날렸다.

철은보 담장에서 백여 장 거리까지 무사들이 순찰을 돌고 있었다. 하지만 그들의 능력으로는 어둠 속에서 움직이는 북궁천을 발견할 수 없었다.

심지어 머리 위를 날아가는데도 경비무사 누구도 그를 발견하지 못했다.

유령처럼 접근해서 담장을 넘은 북궁천은 정원의 어둠 속에 숨어서 내부를 둘러보았다.

경비 상황은 노굉화의 말과 다르지 않았다.

곳곳에서 화톳불이 타오르고 있고 경비무사들이 오갔지만 그다지 경비에 신경 쓰는 것처럼 보이진 않았다.

설마 누가 이곳에 침입하랴 하는 마음인 듯했다.

북궁천은 전각의 처마 밑 어둠과 지붕 위를 넘나들면서 은화원으로 향했다.

은화원은 전쟁에 휩쓸리기 전까지 보주인 전추양이 가족과 함께 지내던 곳이다. 천사교가 장악했을 때는 소존이 지냈던 곳이고.

지금도 소존이란 자는 은화원에 있을 터. 노굉화는 그곳에서 웃음이 터져 나왔다고 했다. 또한 유모가 불려 와서 들어갔다고도 했다.

진아는 그곳에 있는 것이 확실했다.

다섯 개의 전각을 지나친 북궁천은 지붕 위 그림자 속에서 은화원을 응시했다.

낮은 담장이 둘러쳐진 은화원만큼은 경비가 다른 곳과 달랐다.

겉으로는 별다르지 않은 것처럼 보이지만 곳곳에 고수들이 은잠해 있었다.

'제 놈 목숨은 철저히 챙기는군.'

진원보에서 도주한 것만 봐도 그의 성격을 알 수 있었다.

안 되겠다 싶으면 체면이고 뭐고 내팽개칠 수 있는 자. 이

득을 취할 수 있다면 일천 명의 목숨도 아깝게 생각하지 않는 자. 그게 소존이다.

그만큼 상대하기가 쉽지 않은 자였다.

북궁천은 정신을 집중해서 은잠해 있는 자들의 위치를 파악했다.

모두 열두 줄기의 기운이 곳곳에서 느껴졌다. 그중 넷은 북궁천조차도 자세히 살펴보지 않았다면 몰랐을 정도로 완벽히 주위와 일체가 되어 있었다.

한 치의 실수도 용납되지 않는 상황.

저들을 뚫고 단숨에 아기를 취해야만 한다.

은화원의 전각은 모두 세 채. 방은 일곱 개. 그중 하나에 아기가 있을 것이다.

강력한 기운이 느껴지는 곳은 다섯 곳.

남은 두 곳 중 하나에서 강하진 않아도 탁한 기운이 감지되었다.

무공을 익힌 자의 기운이 느껴지지 않는 곳은 좌측 전각의 끝 쪽 방뿐.

아기가 그곳에 혼자 있는 걸까? 아니면 다른 방에?

'일단 송문을 만난 뒤에 부딪쳐 보자.'

다행이라면 전각 끄트머리 쪽의 경비가 다른 곳보다 덜하다는 것이다. 잘하면 감시망에 걸리지 않고 살펴볼 수 있을 듯했다.

　　　　*　　　*　　　*

　서평에서 상남까지의 천사교 감시망은 철은보에서 오십 리 떨어진 곳까지 펼쳐져 있었다.

　현재까지 밝혀진 감시망은 모두 열한 곳. 그중 여섯 곳만 무너뜨리면 천사교의 눈은 외눈이나 마찬가지였다.

　등조립이 이끄는 육조는 그중 북쪽에 있는 서궁산의 감시조를 책임지기로 했다.

　마지막으로 광원산장을 나선 육조는 세상이 어둠으로 짙게 물들었을 때 천사교의 감시조를 발견했다.

　그들은 서궁산을 관통하는 계곡 길이 환히 보이는 산 중턱에 자리 잡고 있었다.

　인원은 모두 열하나. 숫자는 육조에 비해서 배가 넘었지만 우려할 만한 상대는 아니었다.

　―내가 오행 중 금의 방위를 맡겠소. 임 아우가 수의 방위를 맡고, 육 형이 목 방위를, 두 분 경 형이 화와 토 방위를 맡아 주시오.

　등조립의 전음에 네 사람이 말없이 고개를 끄덕였다.

　각자의 공격 방위를 정한 육조원 다섯은 시간을 지체하지 않고 감시조를 공격했다.

　등조립이나 임강령이야 말할 것도 없고, 현천문의 문주인

육지광과 대별산에서 이름을 떨친 대풍쌍객도 강호에서 내로라하는 고수들이었다.

전격적인 그들의 공격에 감시조 무사 대여섯이 대항도 제대로 해 보지 못하고 쓰러졌다.

그런데 등조립이 맡은 금의 방위 서쪽에서 무사 하나가 등조립의 손을 피해서 도주했다.

혼자서 셋을 맡았던 등조립이 삼초를 허비하고서 두 번째 무사를 쓰러뜨렸을 때, 도주하는 자는 이미 이십여 장을 벗어나고 있었다.

그 때 기다렸다는 듯 임강령이 쏜살같이 그를 쫓아가며 거리를 좁히고는 전력을 다해서 검을 던졌다.

그가 지닌 절기 중 하나인 비월검(飛越劍)이었다.

공력이 실린 검은 도주하는 천사교도의 등을 향해 일직선으로 날아갔다.

쉬이이이익!

뭔가를 느꼈는지 천사교도가 흠칫하며 고개를 돌렸다. 그리고 코앞까지 다가온 검을 보더니 반사적으로 칼을 휘둘렀다.

쩡!

심장을 향했던 검이 방향을 틀면서 어깨를 꿰뚫었다.

천사교도는 화살 맞은 노루처럼 비틀거리며 바닥을 두어 바퀴 굴렀다.

그 틈을 이용해서 거리를 지척까지 좁힌 임강령은 쌍장을 휘둘러서 그를 제압하려 했다.

천사교도는 맞받을 엄두도 내지 못하고 몸을 굴려서 피했다.

바로 그 때 등조립이 도착해서 그자의 가슴을 향해 일양신장을 내쳤다.

쾅!

일양신군의 장력은 일개 천사교도가 막을 수 있는 게 아니었다.

가슴을 격중당한 천사교도는 입에서 피를 뿜으며 이 장을 날아가 처박혔다.

"흥! 어디를 도망가려고?"

등조립은 그를 놓친 게 화가 난 듯 성큼성큼 걸어가더니 재차 일장을 내리쳤다.

임강령이 검을 회수하면서 천사교도의 몸을 살펴보았을 때는 이미 숨이 끊어진 후였다.

그가 검을 회수하고 몸을 돌리자, 등조립이 짜증 난 표정으로 말했다.

"빌어먹을, 얕보았다가 하마터면 놓칠 뻔했군."

뒤늦게 그곳에 도착한 육지광이 어깨를 으쓱하며 그를 위로했다.

"어쨌든 모두 처리했으니 다행이외다. 그만 갑시다. 다른 곳도 지금쯤은 모두 제거되었을 겁니다."

"그럽시다."

등조립은 미련 없이 몸을 돌렸다.

임강령도 묵묵히 검을 검집에 꽂고 돌아섰다.

＊　　　＊　　　＊

해시 초.

지붕 위에서 내려온 북궁천은 과거 구양우경과 헌원려려가 지냈던 별원의 뒤쪽 정원 깊숙한 곳에 들어가서 지송문을 기다렸다.

어두운 데다 우거진 정원수의 그림자로 인해 억지로 불을 비추지 않으면 사람이 있는지도 알 수 없었다.

그가 그곳에 머무른 지 반 각가량 지났을 때, 누군가가 소리 없이 안으로 들어왔다.

─여기다.

북궁천이 전음으로 그를 불렀다. 지송문이었다. 그는 철은보에 들어올 때부터 북궁천과 만나기로 되어 있었다.

─조금 늦었습니다, 주군.

─소존은 은화원에 있나?

─소존이 머무는 것은 확실합니다. 군사인 사야승이란 자와 천사교의 장로 둘, 호법 둘이 함께 기거하고 있다 합니다.

그리고 상당한 고수들이 모습을 감춘 채 숨어 있습니다.

—진아는?

—그게 조금 이상합니다. 아기가 그곳에 있는 것은 분명한 것 같은데 울음소리가 들리지 않습니다. 가까이 접근해 보고 싶었지만 들키면 일을 그르칠까 봐 참았습니다.

—그래? 으음, 들어가 보면 알겠지. 너희는 이제 이곳을 빠져나가라.

—제가 이곳에서 도와 드리면…….

—북쪽으로 가면 삼룡과 임표가 기다리고 있을 거다. 그들이 외곽을 들쑤실 것이니 합류해서 움직여.

—알겠습니다, 주군.

북궁천은 정원에서 때가 되기를 기다렸다.

문득 지송문의 말이 떠올랐다.

아기라고 해서 자주 울라는 법은 없었다. 깊은 잠에 빠져 있다면 몇 시진 동안 울지 않을 수도 있었다.

그런데도 걱정되는 것은 어쩔 수 없었다. 진아가 아픈 몸이기 때문이었다.

혹시 발작한 것은 아닐까?

그랬다면 저 안이 이렇게 조용할 리가 없었다.

소존은 진아가 멀쩡해야 자신을 부릴 수 있다고 생각할 테니까.

북궁천이 이런저런 생각에 잠긴 동안 일각이 흘렀다.

나뭇잎 사이로 경비무사들을 본 것만 해도 벌써 열 명이 넘었다.

그들은 정원 앞을 지나가면서도 그 안에 사람이 있다는 것을 꿈에도 생각지 못했다.

그런데 열두 번째 경비무사가 갑자기 몸을 틀어서 정원으로 다가왔다.

어둠과 동화되어 있던 북궁천은 기척을 완전히 숨겼음에도 긴장의 끈을 놓지 않았다.

손가락 하나 튕겨서 죽일 수 있는 상대였지만, 지금 이 순간만큼은 절대고수보다 더 껄끄러웠다.

소란이 일면 진아를 구하는 일이 틀어질지 모르니까.

'가라, 그냥 가!'

하지만 경비무사는 북궁천의 기대를 외면했다.

대신 허리춤을 풀고 소변을 누었다.

게다가 오줌발을 자랑이라도 하고 싶은지 멀리 보내려 노력했다.

그 바람에 북궁천의 발치 아래까지 오줌이 튀었다.

북궁천은 경비무사를 노려보았다.

'그래, 너 힘 좋은 줄 안다. 그러니 그만 싸고 가!'

이번에는 경비무사도 북궁천의 기대에 부응했다.

"어, 시원하다. 벽까지 쏘아 보려고 했더니 안 되네."

'네놈 힘없는 게 다행인 줄 알아!'

만약 오줌이 자신을 맞혔으면 참지 못하고 손을 썼을지 몰랐다.

그런데 바로 그 때, 멀리서 비명이 울렸다.

"으아악!"

"침입자다!"

"놈을 잡아라!"

"우하하하! 천사교 놈들아! 본 공자는 이 땅에 정의를 세우러 온 무적공자라는 분이시다! 소존이라는 놈을 잡으러 왔느니라!"

경비무사는 후다닥 허리춤을 잡아매고 동료들이 있는 곳으로 뛰어갔다.

"뭐, 뭐야? 정파 놈들이 쳐들어왔나?"

비명이 들린 지 얼마 안 돼서 장원 내에 비상이 걸렸다.

삐이이이익!

"북쪽 외곽에 침입자가 있다! 놈들을 잡아라!"

은화원에서도 약간의 소란이 일었다.

사야승이 외치는 소리가 바로 옆에서 나는 소리처럼 들렸다.

"무슨 일인지 알아봐라!"

직후 세 사람이 은화원을 나와 싸움이 벌어진 곳으로 달려갔다.

그 와중에도 싸우는 소리가 점점 커졌다.

잠시 후에는 고수로 보이는 자도 둘이나 나와서 싸움이 벌어진 곳으로 달려갔다.

은잠한 호위무사들의 숫자도 몇 명 줄어든 듯했다.

북궁천은 은화원에서 더 이상 사람이 나오지 않자 마침내 행동을 개시했다.

정원을 나와 주위를 둘러본 그는 유령처럼 그림자도 남기지 않고 은화원의 뒤쪽으로 스며들어 갔다.

그는 나무와 담장, 전각에서 뻗어 나온 처마, 그리고 흐릿한 안개까지 철저히 이용해서 전각으로 접근했다.

전각에서 오 장 떨어진 곳까지 다가간 그는 걸음을 멈췄다.

이제 모습을 드러내지 않고 전각에 접근하는 것은 진짜 유령이나 가능했다.

하지만 나름대로 계획을 세워 놓은 그는 망설이지 않고 허공으로 솟구쳤다.

은잠해 있는 자들의 간격은 삼 장 정도.

아무리 은밀하게 움직여도 그 거리밖에 떨어지지 않은 고수 둘 사이를 통과하기는 쉽지 않은 일이다. 그는 그 사이를 통과하는 대신 다른 방법을 쓰기로 했다.

십 장 높이로 솟구친 북궁천은 자신이 목적한 좌측 전각의 끄트머리 방 쪽으로 떨어져 내렸다.

새의 옆구리 깃털처럼 가볍게, 기운을 철저히 감춘 채!

그는 지붕과 일 장 거리가 되었을 때 우수를 들어 누르듯이 밑으로 내리쳤다.

전각 옆 보 위에 은잠해 있던 무사는 무방비 상태에서 가공할 잠력이 침습하자 눈을 부릅떴다.

'적?'

그러나 그는 소리를 지를 새도 없이 뇌가 뒤죽박죽이 되며 즉사해 버렸다.

북궁천은 쓰러지는 자를 잡아서 보 위에 걸쳐 놓았다.

아직 다른 자들은 밖의 소란에 정신이 팔려서 동료가 죽은 것도 알지 못하고 있는 상태였다.

북궁천은 처마를 타고 미끄러지듯이 방으로 접근했다.

소리가 나지 않도록 진기로 방문을 감싼 그는 재빨리 문을 열고 안으로 들어갔다.

방 안은 불빛이 없어서 한 치 앞도 분간하기 힘들 만큼 어두웠다. 하지만 그 정도로는 북궁천의 시야를 방해하진 못했다.

북궁천의 눈에 처음 들어온 것은 아기들을 위한 강보와 하얀 천이었다.

희미한 젖 냄새와 변 냄새.

아기의 방이 분명했다. 그런데 정작 아기는 보이지 않았다.

'어떻게 된 거지?'

그 때 밖에서 문 열리는 소리가 나는가 싶더니 누군가의 짜증 섞인 목소리가 들렸다.

"대체 어떤 놈들이 이리 소란을 피우는 거냐?"

낭랑하면서도 조금은 가냘프게 느껴지는 목소리. 한 번 들어 본 목소리다.

'소존이다!'

뒤이어 다른 자의 목소리가 들렸다.

"대여섯 놈이 장원 안으로 들어와서 설치고 있는 모양입니다, 소존!"

"여태 못 잡았단 말이냐?"

"걱정 마십시오, 고수들이 출동했으니 곧 잡을 수 있을 것입니다."

"죽일 놈들, 한참 중요한 때에 어디서 저런 미친놈들이 나타난 거지? 뭐? 무적공자? 그놈을 잡으면 이리 데려오너라. 상판대기를 좀 봐야겠다."

"예, 소존!"

그사이 북궁천은 벽에 손을 대고 공력을 일으켰다.

단단한 벽이 모래처럼 부서지고 벽에 한 자 크기의 구멍이 뚫렸다.

북궁천은 구멍을 통해서 건너편 방 안을 살펴보았다.

그 방에도 아기는 없었다.

대체 아기는 어디에 있단 말인가?

그 때 문득 이상한 생각이 들었다.

소존은 왜 아기에게 아무런 신경도 쓰지 않는 걸까?

아기가 중요하다면, 누군가가 장원에 침입했을 때 아기를 챙기는 것이 먼저 아닌가?

북궁천이 혼란을 겪고 있는데 옆방의 문이 열리고 누군가가 들어왔다.

그가 곧 구멍을 발견할 터. 북궁천은 생각을 접고 창문을 통해 밖으로 나갔다.

동시에 옆방에 들어온 자가 고함을 내질렀다.

"침입자다!"

굳이 그가 소리를 지를 것도 없이 밖으로 나간 북궁천은 한 사람과 마주쳤다.

"웬 놈이냐?"

북궁천은 대답 대신 우수를 뻗었다.

자신의 정체를 드러내지 않고 탈출하려는 상황.

우수에서 펼쳐진 건곤패력장의 위력은 그 어느 때보다 강력했다.

상대는 반사적으로 대응하려 했지만 그때는 이미 장력이 그의 몸을 두들긴 후였다.

쾅!

이 장을 날아간 그자는 벽을 뚫고 몸이 반쯤 박혔다.

북궁천은 그에게 일장을 펼친 후 허공으로 솟구쳤다.

그러나 은화원에는 천하에서 고수라 불리기에 손색없는 자들이 몇 명이나 있었다.

게다가 사야승이 강화한 경비조도 무시할 수 없는 고수들이었다.

그들은 북궁천이 상대를 처박은 찰나의 순간에 날아들며 공세를 취했다.

"어딜 도망가려고!"

"놈을 잡아라!"

북궁천은 허공에 떠 있던 상태에서 좌수로 허공을 치고 몸을 틀었다.

솟구치던 몸이 옆으로 튕겨 나가듯 방향을 틀며 날아갔다.

그 바람에 그를 공격했던 자들의 공세는 허공만 가르고 말았다.

"너는 아무 데도 못 간다!"

"이놈!"

이번에는 북궁천이 날아가는 앞쪽에서 두 사람이 날아오르며 공격했다.

호연유와 도를 든 오십 대 중반의 중노인이었다.

중노인은 장로 중 하나로, 혼자서 연안 적가장을 피로 씻어 냈다는 광혼도마 벽주청이었다.

북궁천은 쌍장을 뻗어서 두 사람의 공격에 대응했다.

콰과광!

세 사람의 경력이 충돌하며 천둥소리가 어둠을 뒤흔들었
다.

호연유와 벽주청은 북궁천의 장세를 이기지 못하고 튕겨
나갔다.

겨우 중심을 잡고 땅에 내려선 벽주청은 경악을 금치 못했
다.

천하에 자신과 소존을 혼자서 물리칠 수 있는 자가 있다
니!

반면 호연유는 괴이한 표정으로 북궁천을 노려보았다.

'체격이 그놈과 비슷해.'

체격만 비슷할 뿐 얼굴과 전체적인 인상이 달랐다. 펼치는
무공도 다르고, 옆구리의 검도 다르고.

그래서 더 어이가 없었다.

북궁천 외에 이렇게 강한 자가 또 있었단 말인가?

북궁천도 두 사람에게 막혀서 더 날아가지 못하고 땅에 내
려섰다.

그 때였다.

스스스스.

소리 없는 공세가 북궁천의 전후좌우와 머리 위로 밀려들
었다.

전각에 은잠해 있던 자들의 공격이었다.

숫자는 모두 여섯. 공세가 빠르고 강력하긴 하나 북궁천의 눈에 찰 정도는 아니었다. 그러나 철저히 암습과 암행에 단련된 그들의 합공은 무척이나 사납고 날카로웠다.

쿵!

패왕일보를 펼친 북궁천은 한 발을 내딛는 것만으로 전면에서 다가오는 자를 튕겨 냈다.

동시에 좌우를 향해 앙천회류장을 펼쳤다.

콰아아아!

가공할 장력이 회오리를 일으키며 그의 몸을 감쌌다. 이어서 빙글 몸을 돌린 그는 허공을 향해 권을 내지르고, 뒤를 향해 장을 내쳤다.

그 모든 동작이 일수유의 순간에 행해졌다.

떠더더덩!

연속된 충돌음과 함께 달려들던 자들이 뒤로 날아갔다.

그러자 이번에는 오십 대 중노인 둘이 그를 향해 신형을 날렸다.

한 사람은 검을, 다른 한 사람은 편을 사용했다.

천사교의 십호법 중 둘. 탈혼객(奪魂客)과 귀찰편(鬼刹鞭)이라는 별호를 지닌 자들이었다.

"켈! 죽어라!"

"무기가 장식용이 아니라면 뽑아라, 이놈!"

두 사람에게서 뻗어 나온 강력한 기운이 북궁천을 뒤덮었

다. 튕겨 나갔던 호연유와 벽주청도 공력을 끌어 올리고 기회를 노렸다

북궁천은 더 이상 망설이지 않고 검을 뽑았다. 조금이라도 빨리 빠져나가려면 검을 쓰지 않을 수 없었다.

그런데 그의 검은 묵혼이 아닌 푸른빛이 번뜩이는 청강검이었다. 검을 보고 자신을 알아볼까 봐 잠시 임표와 검을 바꾼 것이다.

"죽고 싶다면 죽여 주지!"

냉랭한 일갈과 함께 검첨에서 뻗어 나간 섬전이 어둠을 가르며 상대의 공세를 철저히 부쉈다.

쩌저정! 떠덩!

탈혼객과 귀찰편은 검과 편을 통해 밀려드는 가공할 기운을 이기지 못하고 얼굴을 일그러뜨린 채 정신없이 뒤로 물러섰다.

그 순간, 기회만 엿보던 호연유와 벽주청이 다시 달려들었다. 제아무리 북궁천이 강하다 해도 전력을 다하지 않고는 연속된 고수들의 공격을 막기가 쉽지 않았다.

'별수 없군.'

그는 숨기려 했던 북천명왕공을 끌어 올려서 호연유와 벽주청의 공격에 대응했다.

고오오오오!

북궁천이 검을 휘두르자 고막을 먹먹케 하는 기음이 어둠

을 찢어발겼다.

작정하고 펼친 뇌정무적세!

십여 줄기 벼락이 일순간에 호연유와 벽주청을 집어삼켰다.

"헉! 너는……!"

호연유는 검에서 뻗치는 북천명왕공을 느끼고 그제야 북궁천의 정체를 눈치챘다. 기겁한 그는 전력을 다해서 음혼혈마장을 펼쳤다. 음산하면서도 강맹한 장력이 다섯 자 앞에서 핏빛 장막을 형성했다.

그러나 음혼혈마장만으로는 작정하고 펼친 뇌정무적세를 막기에 역부족이었다.

떠더덩!

둔중한 폭음과 함께 핏빛 장막이 터져 나가고, 호연유가 신음을 토하며 정신없이 뒤로 물러섰다.

"크으으윽."

늘어뜨린 그의 두 손이 잘게 떨리고, 어깨와 가슴에서 흘러나온 피가 비단옷을 적시며 붉게 번졌다.

북궁천은 그를 놔둔 채 검첨을 벽주청에게 돌렸다. 시퍼런 검강이 검첨에서 번쩍 빛을 발하며 터져 나갔다. 미처 물러서지 못한 벽주청은 이를 악물고 도를 휘둘렀다.

콰과광!

어둠을 뒤흔드는 굉음!

"끄어억!"

벽주청이 비명을 내지르며 미친 듯이 십여 걸음을 물러섰다. 도를 든 팔은 땅에 떨어져서 펄떡거리고, 팔이 떨어져 나간 어깨에서는 피분수가 솟구쳤다. 거기다 옆구리에 뚫린 구멍에서도 내장이 머리를 내밀었다.

비틀거리던 그는 몸을 부들부들 떨더니 더 견디지 못하고 꼬꾸라지듯이 무릎을 꿇었다.

"흐으으으윽."

주위에는 탈혼객과 귀찰편, 그 외에도 고수라 할 수 있는 자들이 상당수 있었다. 싸움이 벌어진 소리를 듣고 몰려든 자들도 수십 명이었고.

그러나 벽주청이 당하는 가공할 광경을 목도한 그들은 몸이 굳어 버린 듯 북궁천에게 달려들 생각을 못 했다.

북궁천은 소존의 팔을 잘라 내지 못한 게 아쉬웠지만, 더 이상 지체하지 않고 신형을 날렸다.

"멈춰라, 단화린! 아니, 북. 궁. 천!"

호연유가 악을 쓰듯 외쳤다.

철은보 하늘 위에 북궁천의 이름이 메아리쳤다.

第九章

돌에 꽃이 피고

　장추람은 호연유의 외침을 듣고 검을 쥔 손에 힘을 주었
다.

　계획대로 외곽을 치며 적의 이목을 끌었다.

　천사교 무리가 그들을 상대하기 위해 개떼처럼 몰려나왔
다. 대충 봐도 백 명이 넘는 인원. 개중에는 상당한 실력을 지
닌 고수들도 칠팔 명은 되었다.

　장추람 등은 그들과 싸우면서 철은보에서 멀어졌다.

　소기의 목적은 달성한 셈.

　이제 북궁천이 아기를 구해서 나올 때까지만 버티다 물러
서면 되었다.

그런데 어둠을 뚫고 북궁천의 이름이 들리는 게 아닌가?

"빌어먹을! 주군께서 정체를 들키셨군."

"돼지야, 그만 가자!"

냉호가 소리쳤다.

북궁천이 철은보에서 빠져나오고 있다면 자신들도 머무를 이유가 없었다.

장추람은 냉호를 째려보고는 먼저 몸을 날렸다.

뒤이어 냉호와 철교신, 임표와 담운, 지송문이 땅을 박차고 뒤따라갔다.

그 때 어둠 저편에서 검은 구름이 빠른 속도로 몰려오는 것이 보였다.

그것은 구름이 아니라 수백에 이르는 사람들이었다. 몰려오는 속도로 봐서 무인들임이 분명했다.

상남에 있던 자들이 오는 걸까?

사실이라면 골치 아픈 상황이다.

그는 좌측으로 방향을 틀어서 전력을 다해 경공을 펼쳤다.

냉호 등도 몰려오는 자들을 봤는지 꽁지에 불붙은 말처럼 장추람을 따라서 내달렸다.

장추람 일행을 뒤쫓던 천사교 무리 역시 몰려오는 자들을 보았다.

처음에는 그들도 장추람 일행과 비슷한 생각을 했다. 하지만 몰려오는 기세가 왠지 수상쩍었다.

그들이 멈칫한 사이, 거리가 급격히 가까워졌다. 그리고 곧 쏟아지는 달빛에 몰려오는 자들의 모습이 흐릿하게 드러났다.

한편, 승천무풍행을 펼치며 날아가던 북궁천은 호연유가 자신의 본명을 부르자 은화원 건너편 전각의 용마루 위에 표표히 내려섰다.

그는 재차 신형을 날리지 않고 천천히 돌아섰다.

밤바람이 세차게 불면서 옷자락이 휘날렸다.

달빛 아래 고요히 서 있던 그는 호연유를 직시한 채 무심한 목소리로 입을 열었다.

"아이는 어디에 있느냐?"

"아기가 무척 귀엽더군. 깨물어 주고 싶은 마음을 참느라 내가 얼마나 인내했는지 넌 모를 거다. 후후후후."

호연유의 입에서 나직한 조소가 흘러나왔다.

북궁천은 분노가 머리꼭대기까지 솟구쳤다.

퍼버버벅!

그가 밟고 서 있는 지붕의 기와가 폭죽이 터지듯이 사방으로 터져 나갔다.

하지만 그는 진아를 생각하며 이를 악물고 참았다.

"다시 묻겠다. 아이는 어디 있느냐?"

"네 아이는 이곳에 없다. 아기를 무사히 찾고 싶다면 순순히 내 말을 들어라."

"이곳에 없다고?"

호연유는 득의만만해했다.

그동안 당한 것이 얼마던가!

북궁천의 표정이 일그러지는 모습을 볼 때마다 통쾌해서 웃음이 절로 나왔다.

"후후후. 그래, 없다. 알고 보니 네 아이의 몸에 이상이 있 더군. 그래서 치료를 위해 잠시 다른 곳으로 보냈지."

그랬던가? 그래서 없었나?

차라리 어제 저녁에 곧바로 공격할 걸 그랬나? 그랬으면 구해 냈을지도 모르거늘.

하지만 후회한들 무슨 소용이랴.

북궁천은 미어지는 가슴을 억누르고 최대한 감정을 드러내 지 않으려 노력했다.

"아이만 내준다면 조용히 떠나마. 너도 그걸 바랄 텐데?"

"전에는 그랬지. 하지만 지금은 그때와 상황이 다르다. 그 이유를 모르진 않겠지?"

"상황이 다르다? 맞아, 그때만 해도 나는 단화린이었고, 너희들에 대한 분노도 없었지. 내 목적은 하나였으니까. 그 런데 지금의 나는 북궁천으로서 너희들에게 분노하고 있으니 확실히 다르긴 다르군."

나직이 으르렁거리는 목소리에 극렬한 분노가 실려 있다.

호연유는 그 분노를 즐겼다.

결정적인 패가 자신의 손안에 있는데 염려할 일이 뭐 있단 말인가?

"아아, 진정해라, 북궁천. 네가 내 요구 조건만 몇 가지 들어준다면 아들을 돌려줄 테니까. 설마 자존심 때문에 아들을 포기할 생각은 아니겠지?"

북궁천은 입을 다물고 어둠을 응시했다.

그가 서 있는 전각 주위로 천사교 무리들이 몰려들고 있었다.

하지만 강아지들은 아무리 수가 많아도 호랑이가 빠져나가는 것을 막을 수 없는 법. 그는 그들에게 신경 쓰지 않았다. 신경 쓸 마음의 여유도 없었다.

숨을 한 번 쉬는 짧은 시간.

생각을 정리한 그는 달빛조차 얼려 버릴 것 같은 눈빛으로 밑을 내려다보며 말했다.

"물론 포기할 생각은 없다. 그러나 천사교의 꼭두각시가 되지도 않을 것이다. 너는 내가 누군 줄 알았다면, 마제가 어떠한 존재인지도 알았어야 했다, 소존. 마제란 너 같은 개 따위에게 고개를 숙일 수 없는 운명을 지닌 사람이니라!"

"북궁천, 어리석은 생각 말고……."

그 때였다.

저 멀리 외곽에서 다급한 목소리가 터져 나왔다.

"적이다!"

"적이 몰려온다!"

적의 공격은 조금 전에도 있었다. 하기에 호연유를 비롯해서 은화원에 있던 사람들은 그 외침을 크게 생각하지 않았다.

하지만 상황은 그들이 생각하는 것과 전혀 달랐다.

뒤이어 들려오는 소리는 그들을 혼란의 도가니 속으로 몰아넣기에 충분했다.

"정파연합 놈들이 쳐들어온다!"

"천사의 제자들이여! 밖으로 나가서 놈들을 막아라!"

"뭐야? 정파 놈들이 쳐들어온다고?"

대경한 호연유의 눈빛이 흔들렸다.

서평과 상남 사이에는 세 겹의 감시망이 펼쳐져 있다. 길목마다 감시조가 한시도 눈을 떼지 않고 적의 움직임을 살피고 있다.

그런데 적이 이곳까지 올 동안 왜 연락 한 번 없었단 말인가?

'호교이령은 상황이 이렇게 되도록 뭐 하고 있었던 거야?'

당황하기는 사야승도 마찬가지였다.

한쪽에 서서 북궁천의 마음을 분석하고 있던 그는 사밀영을 급파했다.

"빨리 가서 상황을 알아봐!"

그동안에도 외곽에서 외치는 소리가 계속 들렸다.

"놈들을 막아라!"

"남쪽에서도 온다! 일단 장원으로 물러서라!"

호연유의 얼굴에서 여유가 사라졌다.

천사교의 힘은 철은보와 상남 일대에 분산되어 있다. 전에 정파연합이 그랬던 것처럼.

정파연합이 전면적인 공격을 감행해 오고 있다면 전력에서 밀리는 상황.

거기다 북천마제 북궁천마저 적이 된다면 엎친 데 덮친 격이 아닐 수 없었다.

마음이 다급해진 그는 북궁천에게 한 가지 제안을 했다.

"북궁천, 이렇게 하면 어떠냐? 저놈들을 막는 데 혁혁한 공을 세우면 아들을 돌려주마! 구양환이 너를 이용했으니 너도 저놈들이 싫을 것 아니냐?"

물론 북궁천도 구양환이 싫었다. 죽이고 싶을 정도로!

하지만 소존은 더 싫었다. 짓뭉개 버리고 싶을 정도로!

솔직히 그는 머릿속이 터질 것 같았다. 속은 이미 다 타 버려서 하얗게 재만 남은 상태였다.

억지로 소존의 말에 반발하고는 있지만, 한 마디 한 마디 할 때마다 진아에게 해가 될까 걱정되어서 미칠 것 같았다.

그나마 그가 소존의 요구에 반발할 수 있는 것은 이곳에 진아가 없기 때문이었다.

만약 진아가 소존의 손에 있었다면, 소존이 진아를 들이대며 위협했다면…… 그는 소존의 요구대로 정파연합과 싸웠을 것이 분명했다.

없으니 다행이라는, 그야말로 모순된 상황.

북궁천은 판단이 어려운 상황에서도 그 점을 최대한 이용했다.

목에 잔뜩 힘을 주고, 여유 있는 표정을 지으며.

"소존, 아기를 어디로 보냈는지 말해라. 그럼 나는 수하들을 데리고 조용히 물러가겠다."

반대로 호연유가 미친 듯이 소리쳤다.

"아기를 살리고 싶으면 내 요구대로 해라, 북궁천!"

"내가 조금 전에 한 말을 잊었나 보군. 나는 네가 말할 때까지 정파연합을 도와서 너희들을 죽일 생각이다. 그렇게 되기를 바라는 것이냐?"

"북궁천!"

이름을 외치는 호연유의 눈빛이 파르르 떨렸다.

그가 당황할수록 북궁천의 목소리는 안정되었다.

"철은보를 뺏기고 싶지 않다면 어서 말해라. 이곳에 있는 자들도 나가서 싸워야 할 것이 아니냐? 나까지 적으로 삼아도 이길 자신이 있다고 생각하는 것은 아니겠지?"

호연유가 이를 갈며 아기의 안위를 들먹였다.

"아들이 죽어도 좋은가 보군. 당장 저들과 싸우지 않으면, 그 대가로 네 아들이 참담한 고통을 당하게 될 것이다, 북궁천!"

"네놈이 감. 히!"

북궁천의 눈에서 분노의 불길이 일렁거렸다.

한편으로는 불안감이 그의 마음을 흔들었다.

한 번쯤 저놈의 부탁을 들어주고 아기를 데려가는 게 낫지 않을까? 하는 마음이 고개를 쳐들었다.

하지만 쉽게 아기를 돌려줄 놈이 아니었다. 약속을 헌신짝처럼 취급하고도 남을 놈이었다. 한번 요구를 들어주면 계속 들어줘야 할 터.

그는 그걸 알기에 혼신의 힘을 다해서 마음을 다잡고, 역으로 호연유를 몰아붙였다.

"이제 보니 너는 남자 새끼도 아니구나! 무사란 놈이 아기를 해치겠다는 위협을 하다니! 잘 들어라, 소존. 네놈이 한 번만 더 그딴 소리를 하면, 무슨 일이 있어도 네놈부터 죽이고 말 것이다!"

노성을 내지른 그는 북천명왕공을 실어서 발을 굴렀다.

쿠웅!

건물 전체가 와르르 떨리고 조각조각 부서진 기와가 폭발하듯이 튀었다.

촤아아아악!

공력이 실린 기와는 시위를 떠난 화살처럼 쏘아져서 근처에 몰려와 있는 무사들을 덮쳤다.

퍼벅! 퍽!

"으악!"

"피해!"

"크으윽!"

"셋을 셀 동안 아기가 있는 곳을 답해라, 소존! 하지 않으면 본좌도 더 참지 않을 것이니라!"

호연유의 눈빛이 격렬하게 떨렸다.

저놈은 정말로 아기가 죽든 말든 상관없단 말인가?

'제기랄! 정말 그럴지도 몰라. 저놈은 북천에서 수천 명을 죽인 놈이 아닌가?'

상대는 피도 눈물도 없다고 소문난 마제다. 자신 역시 마인이고.

아비의 마음을 모르는 그는, 자신이라 해도 아기 때문에 스스로를 위험에 빠뜨리지 않을 것 같았다.

아기는 다시 낳으면 되니까.

아기가 이곳에 있으면 직접적으로 위협할 수 있을 텐데⋯⋯.

'젠장! 이럴 줄 알았으면 죽든가 말든가 그냥 이곳에 둘걸.'

후회해도 아기는 돌아오지 않는다.

밖에서는 정파연합이 전면적으로 공격해 오는 상황.

북궁천이 정말 자신들을 공격한다면 안팎으로 위험에 처

한다. 그 전에 자신을 죽이겠다고 달려들지도 모르고.

머리를 굴린 그는 북궁천과 아기에 대한 일을 천사지존에게 떠넘기기로 작정했다.

부친이라면 저놈 정도는 충분히 요리할 수 있으리라!

그 와중에도 북궁천은 바짝 마른 입을 크게 벌리며 숫자를 세었다.

"하나! 두우울! 세에에……."

"좋다, 북궁천! 네가 원한다면 알려 주지. 대신 약속대로 이곳을 떠나라!"

"걱정 마라. 약속은 반드시 지키니까."

북궁천은 주먹을 불끈 쥐고, 표정을 관리하면서 턱을 치켜들었다.

"이제 말해 봐라. 아기는 어디에 있느냐?"

"네 아기는 교주님께서 계신 곳으로 보냈다. 아마 지금쯤은 도착했을 거다."

북궁천은 촌각이 아까웠다.

어둠 속에서 격전이 점점 격렬해지고 있지만, 철은보를 누가 차지하든 자신과는 상관없는 일. 그는 몸을 솟구쳐서 어둠 속으로 날아갔다.

"네놈에 대한 죄는 다음에 묻겠다, 소존!"

그 직후 함성이 철은보를 뒤덮었다.

와아아아아아!

"천사교 놈들을 척살하라!"

"이 땅에서 마도 놈들을 몰아내라!"

"천사의 종들이여! 위선자들의 목을 쳐서 천사의 세상을 누려라!"

"천사의 세상을 위하여!"

호연유는 그제야 고통을 느낀 듯 어깨를 움켜쥐고 악을 쓰듯 외쳤다.

"모두 가서 놈들을 막으시오!"

*   *   *

유원당은 정문 지붕 위에서 정파연합이 총공세를 펼치고 있는 모습을 지켜보았다.

적의 기세가 예상했던 것보다 쉽게 무너지고 있었다.

정파연합이 강해서 그런 것만은 아니었다.

감시조를 단숨에 괴멸시키고 철은보에 도착했을 때 뜻밖의 일이 벌어지고 있었다. 누군가가 천사교 무리와 싸움을 벌이고 있었던 것이다.

그들이 약했다면 자신들에게도 불리하게 작용했을 게 분명했다. 적이 조금이라도 먼저 자신들의 공격을 눈치챘을 테니까.

그러나 그들은 소수임에도 강했고, 그들에 의해서 천사교 무리 수십 명이 죽거나 부상당한 상태였다.

또한 백수십 명이 그들을 잡기 위해 장원을 떠나 외부로 나온 터였다.

정파연합의 고수들로 조직된 선두가 그들을 해일처럼 덮쳤다. 포말이 부서지듯 천사교 무리 백수십 명이 지리멸렬하여 무너졌다.

천사교 무리의 전체 전력 천여 명에서 백수십 명은 적은 숫자가 아니다.

그들을 먼저 제거한 덕분에 정파연합으로선 적의 주력을 수월하게 공격할 수 있었다.

철은보를 공격한 자들이 누군지 몰라도 정파연합에겐 행운이었다.

'소수가 그 정도의 위력을 발휘하다니, 어떤 자들인지 모르겠군.'

유원당이 그들을 떠올리는 동안 한밤의 혈전은 막바지를 향해 달려갔다.

격렬한 싸움으로 인해 한쪽에서는 불길이 타오르고 있었다.

감시조를 제거한 고수들은 철은보의 격전에서도 유감없이 자신들의 실력을 발휘했다.

천사교도들이 아무리 독해도, 혈문과 마종보 고수들이 합류해 있음에도 사기가 충천한 정파연합 고수들을 막지 못했다.

뒤늦게 상남에서 천사교 무리 삼백이 달려오긴 했지만 그들 역시 전황에 큰 영향을 미치지는 못했다.

그렇게 철은보에 진입한 지 이각이 지날 무렵이었다.

"총군사! 놈들을 후원까지 몰아냈습니다!"

천종원이 안쪽에서 달려오며 밝은 표정으로 소리쳤다.

'됐어!'

유원당은 주먹을 불끈 쥐었다.

최대 삼 할의 피해를 목표로 잡고 계획을 세웠다. 그런데 돌아가는 상황으로 봐서 이 할 정도에 그칠 듯했다.

그 정도면 대승이라 할 수 있었다.

자신들보다 철은보를 먼저 공격한 자들 영향이 컸다.

'어떤 자들인지 몰라도 거나하게 술 한잔 사 주고 싶군.'

그 때 천종원이 말했다.

"총군사, 조금 이상한 점이 있습니다."

"뭐가 말이오?"

"소존이라는 자와 장로, 호법 등 천사교 놈들의 주력 중 몇 명이 부상을 입은 상태입니다. 심지어 광혼마도 벽주청은 팔이 하나 잘리고 배가 뚫려서 죽어 가고 있었다 합니다."

"우리 쪽 고수와 싸우지 않았는데도 말이오?"

"그렇습니다, 총군사."

천종원의 말대로 이상한 일이었다.

누가 적진 중앙에 뛰어들어서 소존과 천사교의 장로, 호법에게 부상을 입히고 유유히 빠져나갈 수 있단 말인가?

천하를 통틀어도 정파에 그러한 고수는 두세 명에 불과하다.

오군 중 첫째이며 천하제일을 논할 때 항상 거론되는 절대고수, 수룡천군(水龍天君) 신도관. 무당파 개파 이래 최고의 경지에 올랐다는 도성(道聖) 영허진인. 그리고 천무회주 천무검제 사공력 정도뿐.

하지만 그들이 나타났을 가능성은 희박했다.

그 외에도 억지로 꼽으면 몇 명을 더 꼽을 수 있지만 의미가 없었다. 그들 중에는 천사교 진영의 중앙에 뛰어들 자가 없으니까.

그럼 누가?

그 때 문득, 유원당의 머릿속에 한 사람이 떠올랐다.

"설마 그가……?"

북궁천이라면 가능하다. 이유도 충분하고.

또한 정말 그러면 자신들보다 철은보를 먼저 공격한 자들에 대해서도 설명이 된다.

유원당의 머리가 빠르게 돌아갔다.

그는 아기가 가짜라는 것을 알고 왔을까? 아니면 단순히 아기를 납치한 천사교에 복수를 하려고?

상황으로 봐선 두 번째여야 맞았다. 첫 번째라면 아기 때문에라도 그들을 공격할 수 없을 테니까.

그러나 그것도 이상하긴 마찬가지였다.

아기를 가진 소존이 그대로 당하기만 했을 리는 없었다.

그럼 북궁천은 왜 그들과 싸운 걸까?

처음에는 복수를 위해서 싸웠다 해도, 자신이 데리고 있는 아기가 가짜라는 걸 알았다면 싸우지 못했을 텐데 말이다.

'대체 뭐가 어떻게 된 거지? 아는 거야, 모르는 거야? 북궁천이 아니라 다른 사람인가?'

유원당의 머리가 지끈거릴 때 저 안쪽에서 함성이 터져 나왔다.

와아아아아!

"놈들이 도망간다!"

"이겼다!"

유원당은 일단 정문 지붕 위에서 내려왔다.

호위무사들이 그를 에워쌌다.

하지만 승리의 기쁨을 만끽하기도 전에 잠은각 무사 하나가 달려오더니 마른나무같이 굳은 표정으로 천종원에게 보고했다.

"령주, 잠입해 있던 잠은각 요원들을 발견했습니다."

발견했다?

정상적인 상태가 아니란 소리.

"어디에 있느냐?"

"뇌옥으로 보이는 곳 지하에 있었습니다. 혹시나 천사교 놈들에게 잡힌 정파무인이 없나 해서 조사해 봤는데……."

잠은각 무사는 말을 잊지 못하고 눈빛을 잘게 떨었다.

천종원은 상황을 짐작하고 굳은 표정으로 물었다.

"죽었느냐?"

"차마…… 눈 뜨고 볼 수가 없었습니다. 놈들은 사람이 아닙니다. 사람이라면 어떻게……."

유원당은 옆에서 보고를 들으며 착잡한 표정을 지었다.

하지만 그는 북궁천에 대한 생각으로 머릿속이 뒤엉켜서 잠은각 무사를 생각할 겨를이 없었다.

'정말로 그가 왔다면 대책을 세워야 해.'

아기를 구했다면야 문제될 것이 없었다.

그러나 아기를 구하지 못했다면, 아기가 아직도 천사교 쪽에 있다면 그는 잠재적인 적이나 다름없는 것이다.

*   *   *

어둠 속의 관운묘는 쥐 죽은 듯이 고요했다.

북궁천이 도착했을 때 장추람 일행 모두 관운묘에 모두 돌아와 있었다.

그가 전각으로 들어가자 장추람이 두리번거리며 물었다.

"소군은…… 어떻게 되었습니까?"

"발작을 한 모양이다. 놈들이 치료를 한답시고 상주로 옮겼다고 하는군."

담담히 말하는 북궁천의 눈매가 잘게 떨렸다.

태연한 척하려 했지만 잘되지 않았다.

그는 자신의 마음을 들키기 전에 고개를 돌려 소동동을 바라보았다.

"지내기는 괜찮아?"

"예, 괜찮아요."

"그 더러운 놈은 정파연합에 밀려서 도주했다. 이제 안심해도 될 거다."

"정말요?"

"그래. 더구나 내 검에 상처를 깊게 입어서 한동안 고생해야 할 거다. 팔 하나 정도는 잘라 버리려고 했는데, 여우 같은 놈이 재빨리 몸을 빼서 실패했다."

소동동이 작은 주먹을 불끈 쥐고 힘차게 말했다.

"잘하셨어요!"

"어떻게 할 거냐? 지금 돌아갈 거냐? 상남에 있던 놈들도 전부 도망친 것 같던데."

"그래야죠."

그 때 장추람이 슬그머니 나섰다.

"저, 제가 데려다 주고 오겠습니다, 주군."

"네가? 왜?"

"다른 사람들은 부상을 입어서 쉬어야 하지 않겠습니까? 하, 하, 하."

북궁천은 주위를 둘러보았다.

냉호와 철교신도 자잘한 부상을 입은 상태였다. 담운과 지송문은 더했고.

"자강은 안 싸워서 멀쩡하잖아?"

"하, 하. 상남에 가서 뭘 좀 사 올 것이 있습니다."

"자강에게 시키지 그래?"

"그냥 제가 가면 되는데 왜 다른 사람을 시킵니까?"

"정말 그 이유 때문이야?"

"그, 그렇다니까요?"

"동동이와 함께 있고 싶어서 그런 것은 아니고?"

"예? 갑자기 그게 무슨 말씀이십니까?"

"근데 정말 이상하네. 왜 아까부터 얼굴이 붉어져?"

"얼굴이 붉긴 뭐가 붉다고 그러십니까? 저 불빛 때문에 그렇게 보이는 거죠."

"정말 네가 데려다 주고 싶어?"

"데려다 주고 바로 오겠습니다."

"물건 산다며?"

"그, 그거야 당연히 사야죠."

"좋아, 그럼 갔다 와. 동동, 추람하고 함께 가도 되겠어? 무섭지 않겠어?"

"주군, 정말 그러깁니까?"

장추람이 겁을 상실하고 눈을 부라리는데, 소동동이 희미한 미소를 지으며 고개를 저었다.

"무섭지 않아요. 겉만 우락부락하지 마음은 순한 분 같은데요, 뭐."

그 말에 장추람의 입술이 길게 늘어졌다.

"하, 하. 보셨죠? 사람 보는 눈은 소 낭자가 주군보다 나은데요?"

"쉰 소리 말고 빨리 갔다 와. 잠깐 쉬었다가 바로 출발할 거니까."

"알겠습니다, 주군! 소 낭자, 가시죠."

장추람은 북궁천이 변덕을 부리기 전에 앞장서서 전각을 나섰다.

그 때 북궁천이 갑자기 생각난 듯 장추람에게 물었다.

"추람, 물건 산다면서? 돈은 있어?"

멈칫한 장추람이 재빨리 품을 뒤졌다. 돈주머니가 손에 잡혔다. 그런데 아무리 만져 봐도 몇 푼 안 될 것 같았다.

"은자 두 냥만 빌려 주십시오."

북궁천은 소동동과 장추람이 전각을 나가고 문이 닫힌 뒤에야 몸을 돌렸다.

눈빛이 그 어느 때보다 차갑게 번뜩였다.

아마 누군가가 그와 눈이 마주쳤다면 눈알이 얼어 버렸을지 몰랐다.

'천사지존이 있는 상주에 있단 말이지?'

소존과의 기 싸움에서는 이겼다. 그러나 천사지존까지 이긴다는 보장은 없었다.

그는 머리 하나로 무림맹을 와해시킨 자가 아닌가?

급하게 쫓아가지 않는 것도 그 때문이었다. 그에게서 진아를 되찾으려면 철저한 준비가 필요했다. 하다못해 마음이라도 최대한 냉정하게 가라앉혀야 했다.

희생을 최소화하고, 진아를 아무 이상 없이 구하려면!

그의 마음을 짐작했는지 냉호가 말했다.

"주군, 만약에 무슨 일이 벌어지면, 저희들은 생각 마시고 소군을 구하는 일에만 전념하십시오."

"무슨 소리냐? 나더러 너희들을 버리란 말이냐?"

"원래 그게 북천의 공포, 마제 아니었습니까?"

그랬나? 자신이 그렇게 독한 놈이었나?

곰곰이 생각해 보니 그랬던 것 같기도 하다.

'훗, 그러고 보면 려려가 싫어할 만했군.'

북궁천이 쓸쓸한 자조의 미소를 짓는데, 냉호가 특유의 냉랭한 목소리로 말을 이었다.

"솔직히 말씀드려서, 저는 주군의 마음이 유해지신 게 마음에 걸립니다. 소군을 구하는 데는 부드러운 주군보다 북천의 마제가 더 필요할 텐데 말입니다. 그러니 저희에 대해선 조금도 마음에 두지 마십시오. 저희는 그렇게 하시는 걸 당연하게 생각하고 있으니까요."

"냉호……."

북궁천도 자신의 성격이 많이 변했다는 것을 모르지 않았다. 강해야 진아를 구할 수 있다는 것도 잘 알았다.

이번에 소존과의 기세 싸움에서도 조금만 약했다면 이기지 못했을 것이다.

하지만 진아를 구한다는 명목으로 수하들을 버릴 수는 없었다.

그런데 철교신이 무뚝뚝한 목소리로 한마디 거들었다.

"북천의 무인은 죽음을 두려워하지 않습니다. 소군을 위해서 죽을 수 있다면 저희도 영광이죠."

"너희들이 나를 나쁜 주인으로 만들려고 작정했구나."

"소군을 되찾고 천사지존의 대가리만 부숴 주시면 됩니다, 주군. 그럼 좋은 주군으로 생각해 드리죠."

"나쁜 놈들……."

* * *

상남이 가까워지자 장추람의 마음이 조급해졌다.

당화점에 도착하면 돌아가야 한다.

당화점이 가까워지면 그만큼 돌아갈 시간도 가까워지는 것이다.

그의 입이 열린 것은 상남의 외곽에 도착했을 때였다.

"저기, 소 낭자. 혹시 아는 남자 있수?"

"없어요."

"아까 한 말, 정말 그렇게 봤수?"

"예?"

"마음이 순한 사람 같다는 거."

"풋, 맞아요. 정말 그렇게 보여요. 지금 말씀하시는 것만 봐도 그렇고요."

"음, 그럼 내가 동생처럼 생각해도 되겠수?"

"오빠가 너무 많은 것은 싫어요."

"……."

거부나 다름없는 말.

장추람의 어깨가 살짝 처졌다.

그가 본 소동동은 아름다웠다. 용기도 있고 당당했다. 거기다 순수하기까지.

난생처음 여인을 보고 마음이 두근거렸다. 아마 북천에 이런 여인이 있었다면 이미 자식을 셋은 낳았을 것이다.

그래서 난생처음 용기 내 말해 봤는데 거절을 당하다니.

가슴이 쓰리다 못해 아팠다.

어렴풋이 주군의 마음을 알 것도 같았다.

헌원려려가 떠나갔을 때 얼마나 가슴이 아팠을까?

그 상황을 딛고 만 리를 달려와서 헌원려려를 되찾은 걸 보면 주군은 정말 대단한 사람이다.

"싫다면 어쩔 수 없고……."

그가 시무룩하게 말하는데, 소동동이 말을 이었다.

"저는 오빠보다 항상 저를 지켜 줄 수 있는 사람이 필요해요. 더 이상은 가슴 졸이면서 살고 싶지 않거든요."

장추람의 몸이 부르르 떨렸다.

쾅!

갑자기 자신의 가슴을 후려친 그가 힘찬 어조로 말했다.

"나는 어떻소? 이 장추람이 소 낭자를 지켜 주겠소!"

"정말 그럴 수 있어요?"

"물론이오, 소 낭자!"

"하지만 장 공자님은 곧 떠날 분이시잖아요?"

"그게……."

잠시 머뭇거리던 그가 그녀를 뚫어지게 바라보며 말했다.

"소군을 구할 때까지만 기다려 주시오. 소군을 구해서 궁에 모셔다 드린 후 곧바로 소 낭자를 찾아오겠소."

"굉장히 먼 곳에 사신다면서요?"

"하하하, 주군께선 주모를 위해 만 리 길을 마다하지 않으셨소. 나도 그럴 수 있소."

그 때 취객 하나가 그들 뒤로 지나가다가 힐끔 쳐다보며 중얼거렸다.

"짜식, 말로만 그러면 뭐해? 확 안아 버려야지. 여자를 다룰 줄 모르는구만?"

장추람은 취객의 말을 충실히 따랐다.

와락!

느닷없이 소동동을 안은 그는 손안의 참새처럼 바들거리는 그녀에게 또박또박 말했다.

"이 장추람, 항상 소 낭자를 지켜 줄 거요. 믿어 주쇼!"

그런데 사실 소동동은 가만히 있는데 그의 손이 떨리고 있었다.

장추람이 나간 지 반 시진 후.

북궁천은 전각으로 들어서는 장추람을 바라보며 눈을 껌벅였다.

보따리를 하나 안고 들어오는데 싱글벙글 표정이 밝았다.

"그게 뭐지?"

"당과입니다."

"동동이 준 거냐?"

"돈 주고 샀습니다."

"설마…… 은자 두 냥으로 전부 당과를……?"

"중원의 당과가 맛있다고 해서 꼭 먹어 보고 싶었죠. 하나 드시죠? 자네들도 먹어 봐."

장추람이 돌아온 지 한 시진.

북궁천은 대주천을 마치고 전각을 나섰다. 삼룡과 사객도
어느 정도 몸을 추스른 상태에서 북궁천을 따라 나섰다.

그들 모두가 뭔가를 입에 넣고 오물거렸다.

장추람이 일인당 스무 개씩 강제로 나누어 준 당과였다.

*　　　*　　　*

"역시 그였군."

유원당은 굳은 표정으로 나직이 말하며 허공을 응시했다.

어둠이 가기도 전에 황보청과 종리기진이 도착했다.

쉬지 않고 달려온 그들은 숨이 턱까지 차 있었다.

그들에게서 전말을 들은 유원당은 착잡함과 안쓰러움, 단
호함이 복합된 심경으로, 자신이 의문을 품었던 싸움에 대해
서 말해 주었다.

그의 말을 들은 황보청은 의형이 걱정되어 침울해졌다.

"아기를 구했을 거라 보십니까?"

"나는 그가 아기를 구하지 못했을 거라 보고 있다."

북궁천의 성격상 아기를 구했다면 그 정도로 그치지 않았
을 것이다.

뒤집어엎어 버리지.

"그럼 대형은 아기가 위험할 줄 알면서도 소존과 싸운 거란 말입니까?"

"글쎄, 그것도 조금은 의문이다. 헌원려를 찾기 위해 자존심과 명예를 버리고 만 리를 달려온 사람이다. 그런 사람이 아들의 위험을 알면서도 저들에게 칼을 겨눌 수 있을까?"

"소존과 장로, 호법들이 부상을 입었다면서요?"

"그건 그렇지. 그래서 의문이라는 거야. 그는 왜 소존과 싸웠을까?"

"총군사께선 어떻게 생각하십니까?"

유원당은 이마를 찌푸리고, 눈을 들어 허공을 보고, 코끝을 손가락으로 문지르면서 자신의 생각을 정리했다.

"아무래도…… 그가 고도의 심리전을 벌인 것이 아닌가 싶다. 단, 그러기 위해선 아기가 이곳에 없었어야 한다는 전제가 있어야 하지만."

"잘못하다가는 아기가 다칠지 모르는데도 말입니까?"

"쯔쯔쯔, 안 돌아가는 머리지만 좀 더 노력해서 굴려 봐라. 내가 왜 고도의 심리전이라고 했겠냐?"

머리를 빡빡 굴린 황보청이 유원당의 눈치를 보며 말했다.

"나중에 아기를 놓고 협상할 때 유리한 고지를 점하기 위해서 아기를 크게 신경 쓰지 않는 척했다……?"

"그래도 아주 멍청이는 아니군. 다른 뜻도 있었겠지만, 지금으로선 그 점이 가장 크게 작용했을 것 같다."

"그러다 소존이 진짜 이성을 잃어서 아기를 해치면요?"

"좀 전의 말 취소다. 이 멍청아! 천사지존과 소존이 어떤 놈들이냐? 화가 났다고 해서 북천마제를 움직일 수 있는 유일한 패를 포기할 놈들이라면 세상을 이렇게 뒤흔들지도 못했을 거다. 더구나 이곳에 아기가 없었다면 어디에 있겠냐?"

황보청이 머리를 벅벅 긁었다.

"천사지존에게 보낸 걸까요?"

"그렇다고 봐야지. 그런데 천사지존은 소존과 비교가 안될 정도로 무서운 자다. 그자는 아마 소존이 죽어도 아기를 해치지 않을 거다."

"제길, 그럼 대형이 소존을 죽여 버리는 게 나을 뻔했군요."

"그로서도 한계가 있을 수밖에 없었겠지. 아들을 두고 거기까지 모험을 하기에는 마음이 너무 절박했을 테니까."

"좌우간 총군사의 짐작이 사실이라면, 대형과 천사교와의 진짜 싸움은 이제부터라고 봐야겠군요."

"맞아. 문제는 심계에서 그가 천사지존을 이길 가능성이 적다는 거다."

황보청은 유원당의 말뜻을 깨닫고 눈이 커졌다.

"대형이 이용당할지도 모른다는 말씀입니까?"

"나는 그 일을 염두에 두지 않을 수 없다."

"대형이, 대형이 저자들의 요구를 들어준다면, 어떻게 하실 겁니까?"

유원당은 전날 이미 그에 대한 마음을 정리한 터였다. 지금도 변함이 없었다.

"만약 그가 검을 우리 쪽으로 돌린다면, 나는 그를 적으로 대할 수밖에 없다."

"총군사…… 장인어른!"

황보청은 유원당의 단호한 말에 입이 바짝 말랐다.

묵묵히 앉아 있던 종리기진도 눈 한 번 깜박이지 않고 초조한 표정으로 유원당을 바라보았다.

그 때 유원당이 황보청을 뚫어지게 바라보며 말했다.

"우리는 일단 단풍의 적산채까지 밀고 올라간 다음에 전열을 정비하며 정파의 힘을 모을 생각이다. 그곳에 진을 치고 있으면 천사교놈들도 함부로 내려오지 못하겠지. 우리가 힘을 모으는 동안 너와 기진은 이곳 일에 신경 쓰지 말고 그를 찾아라."

"예, 장인어른."

*   *   *

어둠이 밀려가고 여명이 밝아오는 시각.

천사교 무리는 쉬지 않고 서쪽으로 이동했다.

호연유는 그 와중에도 급히 마련된 가마를 타고 있었다.

"갈아 마셔도 시원치 않을 놈……!"

그는 이를 갈며 북궁천을 욕했다.

정파연합에 패배한 것이 모두 북궁천 때문인 것 같았다. 실제로 그의 난입이 적지 않은 영향을 끼치기도 했고.

고개를 돌린 호연유는 옆에서 걷고 있는 사야승을 바라보았다.

사야승의 표정은 석고처럼 창백하게 굳어 있었다.

"제기랄, 아기를 괜히 보냈어."

"차라리 잘된 것인지도 모르지요. 아기가 있었다면 놈이 훔쳐갔을지도 모르지 않습니까?"

"그럴지도 모르지. 그래도 이렇게 맥없이 당하지는 않았을 거요."

사야승은 말을 아꼈다. 북궁천이 나타났을지 모른다는 사실을 짐작하고 있던 그였다. 만약 소존이 그 사실을 알게 되면 화살을 자신에게 돌릴지 몰랐다.

그런데 호연유가 눈빛을 새파랗게 번뜩이며 다시 물었다.

"아기의 손가락 하나를 잘라서 놈에게 보내 보면 어떻겠소?"

사야승은 고개를 저었다.

"역효과만 날지 모릅니다. 놈이 이성을 잃고 분노해서 정말로 아기를 신경 쓰지 않는다면 문제가 커집니다."

호연유는 자신의 생각을 굽히지 않았다.

"아니오. 어차피 놈을 상대하려면 속마음을 정확히 알아봐야만 하오. 그러기 위해선 뒷골이 띵할 정도로 충격을 줘야만 할 것 같은데……."

'그렇게 나쁜 생각도 아니야. 어떻게든 그놈만 끌어들일 수 있으면 정파 놈들에게는 악몽이 될 테니까.'

마제를 이용할 수만 있다면 아기의 손가락 하나 정도야…….

그렇게 생각한 사야승은 더 이상 호연유의 의견에 반대하지 않았다.

어차피 결론은 교주께서 내리실 테니까.

＊　　＊　　＊

"그놈, 손가락 꼬물거리는 게 무척 귀엽군. 상태는 어떤가?"

"몸이 허약하긴 합니다만, 그리 심각한 상태는 아닙니다, 교주. 구양환이 손자가 될지 모른다 생각해서 제법 신경을 쓴 것 같습니다."

"유아 놈도 빨리 장가를 가서 이런 손자를 하나 얻어야 하는데 말이야."

호연도광은 잔잔한 웃음을 지으며 아기를 바라보았다.

철은보에서 아기가 도착한 지 한 시진. 일단 절명마의 곡

화산이 먼저 아기의 상태를 검사했다. 절맥증이 있는 것은 분명했다. 그것도 무척 심한 상태였다가 많이 나아진 듯했다.

곡화산은 그 이유로, 삼성궁이 아기에게 영약을 복용시키고 뛰어난 의술을 지닌 의원이 오랜 시간 치료를 한 것 같다고 했다.

어쨌든 호연도광으로선 아기의 상태가 심각하지 않다니 다행이었다. 아기는 매우 중요한 인질이었다. 손상이 있으면 그만큼 가치가 떨어졌다.

"지금보다 건강하게 되려면 얼마나 걸리겠나?"

"이삼 일이면 충분합니다, 교주."

호연도광은 고개를 주억거리면서 아기의 하얀 손가락을 잡았다. 우윳빛 손가락은 너무나 부드러워서 씹으면 입안에 향기가 가득 찰 것 같았다.

그는 아기의 손가락을 뜯어내고 싶은 마음을 억누르고 하얗게 웃었다.

"네 목숨은 네 아비에게 달렸느니라. 몇 번쯤 반발하는 척하는 것도 괜찮을 것 같다만. 후후후후흐흐흐……"

곡화산은 호연도광의 웃음을 들으며 고개를 숙였다.

사람을 눈 하나 깜짝하지 않고 해부하는 그조차도 온몸에 소름이 돋았다.

第十章

무법지대(無法地帶)

상주에서 남서쪽으로 이십여 리.

천금산 아랫자락에는 거대한 장원이 십여만 평의 대지를 차지한 채 똬리를 틀고 있었다.

그곳이 바로 천사교가 총단으로 사용하는 금천장이었다.

금천장은 일 년 전까지만 해도 상주 일대에서 무소불위의 권위를 자랑했다. 그런데 어느 날 갑자기 천사교도들이 불개미 떼처럼 몰려왔다.

천년만년 위세를 떨칠 것 같던 종남파와 화산파를 산속 깊숙이 처박은 그들의 무력은 금천장이 상대하기에는 너무 강했다.

더구나 상전처럼 떠받들었던 화산파가 천사교에 밀려 힘을 쓰지 못하는 상황.

　금천장은 저항다운 저항도 해 보지 못한 채 장원을 천사교에 고스란히 바쳐야 했다. 그 와중에 장주인 금화검 금옥궁과 그의 두 아들은 머리가 잘려서 정문에 내걸리고, 그의 부인과 딸은 처참하게 윤간을 당한 후 죽어 갔다.

　당시 살아난 무사는 백여 명 정도. 그들은 복수를 다짐하며 도주했는데, 아직까지 그들이 나타났다는 말은 없었다.

　어쨌든 그 후로 금천장은 천사교의 총단으로 탈바꿈했고, 마도의 새로운 성지가 되었다. 그리고 해가 바뀌어 봄이 되자 거센 바람이 불기 시작했다.

　마도무사들은 수십 년간 정파의 눈치를 보는 것에 지친 터였다. 그들은 천사교가 정파연합에게 밀리지 않고 위세를 떨치자 봄바람을 타고 상주로 몰려들었다.

　섬서, 감숙, 호북, 사천, 하남, 심지어 안휘와 산서의 무사들도 있었다. 어중이떠중이인 낭인도 많았지만, 개중에는 내로라하는 고수도 적지 않았다. 그 바람에 상주에는 무사가 넘쳐났고, 매일 밤 여기저기서 싸움이 벌어지는 게 일상이었다.

　무법지대(無法地帶). 마도의 성(城).

　상주는 이제 관조차 손을 대지 못하는 곳이 되어 버렸다. 당파 싸움에 혈안인 황궁은 천사교가 건네는 엄청난 황금에 눈이 멀어 못 본 척했고.

　북궁천 일행이 무법지대 상주에 도착한 것은 밤이 깊어 가는 시각, 해시가 되기 직전이었다. 그들은 상주를 빙 돌아서 금천장으로 달려갔다.

　십여 리를 달려 야산 위에 오르자, 화톳불이 여기저기서 타오르는 금천장이 저만치 보였다. 어찌나 규모가 큰지 장원이라기보다 성에 가까웠다.

　'저기에 진아가 있단 말이지?'

　"여기서만 바라봐도 가슴이 터질 것 같다. 저기에 내 아들이 있다는 게 느껴져."

　정말일까?

　장추람을 비롯해서 냉호와 철교신, 북풍사객도 궁금했다.

　그 때 장추람이 힐끔 북궁천을 바라보며 물었다.

　"주군, 바로 들어가 보실 겁니까?"

　그러고 싶다. 당장 달려가서 진아를 만나고 싶어 미칠 것 같다.

　하지만 그는 극한의 인내심을 발휘해서 감정을 억눌렀다.

　"추람."

　"예, 주군."

　"내가 그렇게 무식하게 보이냐?"

　"그런 것이 아니라……."

"저 넓은 장원 안에 이천이 넘는 무사가 있다. 더구나 우리는 진아가 어디에 있는지도 모르고 있어. 철저한 준비를 하지 않으면 거꾸로 놈들에게 당할지 모른다."

금천장과 철은보는 모든 면에서 천양지차다. 천사지존과 소존 역시 크기가 다르고.

세력과 사람이 다르면 상대하는 방법도 달라야 하는 법.

어설프게 건들면 빠져나올 수 없는 늪에 빠질 수도 있고, 그만큼 진아만 힘들어진다.

'급하게 서두르지 말고 많은 정보를 얻은 다음 신중히 움직여야 해. 한 번에 성공하지 못하면 빼내기가 그만큼 더 힘들어질 거다. 후우, 북궁천! 진아가 보고 싶어도 조금만 참아라!'

한참 동안 금천장을 바라보던 북궁천은 시커멓게 타들어 간 가슴을 부여잡고 몸을 돌렸다. 조금 더 보고 있으면 진짜로 심장이 터지든가, 아니면 금천장을 향해 달려갈 것 같았다.

"일단 상주로 들어가자."

삼룡과 사객은 속으로 안도의 한숨을 쉬었다.

북궁천 일행은 어둠의 장막이 뒤덮인 상주로 향했다. 누군가가 자신들을 알아볼 거라는 걱정은 하지 않았다. 상주에는 마도무사들이 들개 떼처럼 득시글거렸다.

지금 자신들의 모습은 누가 봐도 마도의 낭인 무리, 그 이상도 이하도 아니었다. 자신들과 비슷한 자들이 상주 안에 수백 명은 될 것이었다.

더구나 소존 일행이 아직 도착하지 않은 상태였다. 그들의 꼬리를 잡은 것은 단풍을 지날 때쯤. 아마 그들은 빠르면 내일 오전, 늦으면 오후에나 도착할 듯했다.

그 말인즉, 북궁천 일행의 움직임에 대해서 천사교가 아직 모르고 있다는 말이었다. 그래도 혹시 모르는 일. 여덟 명이 두세 명씩 셋으로 나누어서 약간의 거리를 두고 움직였다.

*   *   *

상주에 도착한 북궁천 일행은 식사도 할 겸 구석진 골목 안에 있는 객잔으로 들어갔다.

"어섭셔!"

점소이가 힘찬 목소리로 북궁천 일행을 반겼다.

객잔 안은 자리가 절반 정도 비어 있었다. 상주의 상황을 대변하듯 손님은 대부분 무사들이었고, 양민은 구석에 앉아 있는 네 사람이 전부였다.

북궁천 일행은 다섯을 셀 시간의 차이를 두고 차례차례 들어가서 자리를 잡았다.

북궁천은 냉호와 함께 창가 쪽에 앉고, 장추람과 철교신과 지송문이 입구 쪽에, 임표와 담운과 구자강이 주방 쪽에 자리를 잡았다.

냉호가 먼저 간단한 요리를 몇 가지 주문하면서 방까지 예약했다. 술은 시키지 않았다. 북궁천이 술을 끊었다는 걸 모두가 알고 있기 때문이었다. 북천에서 내려와 함께 지내는 동안 술 마시는 모습을 보지도 못했고.

그런데 북궁천이 직접 술을 시켰다.

"이봐, 술도 가져와. 적당한 걸로."

냉호는 물론이고 다른 탁자에 있던 장추람 등도 놀란 표정으로 북궁천을 힐끔거렸다.

"뭘 그렇게 봐?"

냉호가 머뭇거리며 물었다.

"술을 끊기로 하지 않으셨습니까?"

"했지."

"괜찮겠습니까?"

"너희들은 술을 마시고, 나는 곡차를 마시는 거야. 됐어?"

냉호도 싫지는 않았다.

그동안 술벌레가 요동을 쳐도 주군 때문에 마시지 못한 그들이었다. 싫어하기는커녕 북궁천의 결정을 반겼다.

"한두 잔 마시는 거야 나쁠 것 없죠."

다른 탁자에 있던 장추람과 철교신, 북풍사객의 얼굴도 밝아졌다.

술잔에 가득 찬 맑은 술 위에 헌원려려의 모습이 비쳤다.

그녀는 잘 있을까?

'잘 있겠지. 꼬맹이가 방정맞긴 해도 정은 있으니까.'

술잔에 파문이 일더니 공손설의 모습이 떠올랐다. 하는 짓이 여우 같아서 그렇지, 나름대로 귀여운 면이 있었다. 누가 데려갈지 몰라도 꽉 잡혀 살 것이 분명했다.

'저번에 보니까 가슴이 커졌던데, 정말 시집가도 되는 나인가?'

그는 아직도 그 점이 의문이었다. 세 번째로 작은 아기의 얼굴이 비쳤다. 얼굴은 희미했다. 어쩌면 그게 당연했다.

헌원려려와 자신을 대충 섞어서 자신이 상상한 얼굴이니까. 수룡위사대원의 말대로 하얗고 인형처럼 예쁜 얼굴로 말이다.

'내가 니 아버지다, 진아야.'

아기가 방긋 웃는다. 꼬물거리는 손을 내민다. 아부, 아부 하면서 자신을 부르는 것만 같다. 북궁천은 자신도 모르게 빙그레 미소 지으며 술잔을 응시했다.

'괜찮을 거야, 우리 진아는 아무 이상 없을 거야. 아무 걱정 마라, 진아야. 이 아버지가 좋은 의원을 알고 있단다. 성격이 조금 괴팍하긴 한데 실력 하나는 끝내주는 의원이지. 그 의원이 네 병을 고쳐 줄 거란다. 그러니 아무 걱정 하지 말고

조금만 기다려라. 이 아버지가 찾아갈 동안만……'

눈앞이 흐려졌다. 안개가 낀 것만 같았다. 진아의 모습도 흐릿해지더니 안개 저편으로 사라져 간다.

북궁천은 완전히 사라지기 전에 가슴에 담아 두겠다는 듯 술잔을 들어서 가슴속 깊이 털어 넣었다. 그러고는 술잔을 내려놓다 말고 멈칫했다.

"왜 그런 눈으로 쳐다봐?"

"아뇨? 아무것도 아닙니다."

냉호가 얼버무리며 슬며시 고개를 돌렸다. 탁자 하나 너머 쪽에 있던 장추람과 철교신은 말없이 술잔만 목구멍에 털어 넣었다.

그들은 보았다. 북천을 공포로 몰아넣었던 마제의 눈에 눈물이 서려 있는 걸.

이유를 짐작하는 것은 어렵지 않았다. 보나 마나 아기 때문이겠지. 어떤 놈이 북천마제는 피도 눈물도 없다고 했던가? 마제에 대해서 좆도 모르는 것들이 나불대는 헛소리다. 그런 말을 한 놈들은 전부 입을 꿰매 버려야 한다.

때려죽일 놈들!

지들이 마제의 뭘 알아서?

"한 잔 주쇼!"

갑작스런 냉호의 행동에 모두가 그를 바라보았다.

북궁천은 별일 다 본다는 표정으로 그에게 술을 따라 주었다. 냉호는 단숨에 술잔을 목구멍에 털어 넣고 북궁천에게 잔을 내밀었다.

"한 잔 따라 드리겠습니다."

"냉호, 네가 갑자기 분위기 잡으니까 이상하잖아?"

"이번에 살아서 돌아가면 저도 장가를 가 볼까 생각 중입니다."

"그래? 그거 반가운 소리군."

냉호는 전쟁터에서 언제 죽을지 모르는 놈이 장가는 무슨 장가냐며 혼자 산다고 했던 터였다. 그런데 심경에 변화가 온 듯했다.

그리고 그의 심경을 변화시킨 사람은 다름 아닌 장추람이었다.

"저 멋대가리 없는 장가 놈에게 뒤질 수는 없잖습니까?"

"겨우 그 이유야?"

"저에게는 그 정도만으로도 이유가 충분합니다."

"좌우간 잘 생각한 거다. 혼자 사는 것보다는 둘이 사는 게 낫지. 자식도 많이 낳고 말이야."

그 때 주렴이 걷히고 다섯 사람이 객잔 안으로 들어왔다. 모두 무기를 지닌 무사들이었다.

그중 넷은 삼사십 대 남자들이었고 한 명만 이십 대 중반의 여인이었는데, 서 있는 위치와 표정으로 봐서 남자들이 여인을 호위하는 듯했다.

북궁천은 그들을 주시했다.

이곳은 상주. 천사교의 눈이 그물처럼 퍼져 있는 곳. 신경이 쓰이지 않을 수 없었다.

"오셨습니까요, 아가씨!"

점소이가 그들을 보더니 쪼르르 달려갔다.

"자리 하나 만들어 봐."

여인은 투박한 말투로 명령을 내리듯이 말하고 객잔 안을 둘러보았다.

그러다 북궁천 일행을 발견하고는 눈빛을 반짝였다.

"저쪽이 좋겠군."

막 돌아서려던 점소이는 여인이 가리키는 곳을 바라보았다. 왠지 모르게 찝찝한 기분이 드는 무사들 옆자리가 비어 있었다. 점소이는 조금 불안했지만 그녀의 말을 거부할 용기가 없었다.

"잠시만 기다리십시오. 탁자를 바로 닦아 드리겠습니다."

북궁천은 여인 일행이 자신의 옆자리에 앉는 모습을 가만히 지켜보았다. 점소이의 말투나 여인의 표정을 보니 이곳에 자주 온 듯했다.

문제는 그들이 어중이떠중이가 아니라는 점이었다.

"어디서 온 친구들인가?"

옆자리에 앉은 자들 중 나이가 가장 많아 보이는 중년인이 북궁천을 바라보며 물었다.

마흔을 조금 넘은 듯했는데 단정하게 손질한 콧수염과 깊게 들어가서 차갑게 느껴지는 눈이 인상적인 자였다.

"저 위쪽에서 왔소."

북궁천의 짧은 대답에 중년인이 눈살을 찌푸렸다.

"위쪽? 막연한 대답이군."

"아마 우리가 돌아다닌 거리를 따지면 만 리가 넘을 거요."

북궁천은 사실대로(?) 말하고 술잔을 잡았다.

그제야 이해가 간다는 듯 중년인이 고개를 끄덕였다.

"흠, 하긴 여기저기 돌아다녔으면 그렇게 답할 수도 있겠군."

"그보다는 말하기가 싫어서 대충 대답한 것 같은데?"

여인이 묘한 눈빛으로 바라보며 북궁천을 건드렸다. 조금 가늘면서도 붉은빛이 유난히 짙은 입술가로 번지는 옅은 웃음. 그 바람에 입술 끝에 있는 작은 점이 살짝 위로 올라갔다.

북궁천은 그녀를 직시했다.

여인답지 않게 투박한 말투. 약간 비웃음이 섞인 듯했지만 기분 나쁘게 느껴지지는 않았다. 그가 살아온 북천은 거친 땅이다. 거친 성격의 여인을 대할 때가 가끔 있어서 그런 말투가 낯설지 않았다.

"맞아. 자세히 말하기 귀찮아서 대충 둘러댔지. 제법 똑똑

하군."

북궁천이 순순히 인정하자 여인이 흰 이를 드러내며 웃었
다.

"배짱이 두둑한데? 마음에 들어."

"난 임자 있는 몸이야. 신경 꺼, 여자."

"난 연소랑이야. 이름이 뭐지?"

"지금 식사 중인 거 안 보여? 건들지 마."

"이름을 말해 봐. 여자의 이름을 들었으면 자신도 이름을
밝혀야 하는 거 아냐?"

"누가 물어봤어?"

끝내 연소랑이 깔깔거리며 소리 내어 웃었다.

"깔깔깔, 남자가 이름 하나도 못 밝히다니. 혹시 밝히면 안
될 이유라도 있는 거 아냐?"

"알면 됐어."

"호오, 그래? 이거 수상한데?"

그 때 여인의 일행 중 장한 하나가 일어나서 북궁천의 자리
로 걸음을 옮겼다.

옆구리에 칼이 매달려 있는데, 걸을 때마다 철그럭거리는
소리가 걸음과 조화를 맞춰서 울렸다.

"아가씨께서 호의를 가지고 물으시는데 왜 대답을 못 하겠
다는 거냐? 정말 이름을 밝힐 수 없는 이유라도 있는 것 아
냐?"

"거 귀찮군. 말하기 싫어서 안 하는 건데, 당신이 무슨 상관이야?"

"진짜 수상한 놈이군."

장한은 이마를 찌푸리며 도병에 손을 얹었다.

그 때 냉호가 느릿하게 고개를 돌리더니 나직이 말했다.

"그 칼 빼면 죽어."

"뭐야? 뭐 이런 새끼들이……!"

장한이 발끈해서 도병을 잡자, 연소랑이 손을 들어 말렸다.

"물러서, 한추."

장한은 냉호를 뚫어지게 쳐다보더니 마지못한 표정으로 물러섰다.

연소랑은 그가 자신의 자리로 돌아가자 싱글싱글 웃으면서 물었다.

"이봐, 이곳에는 무슨 일로 왔지?"

"그야 볼일이 있어서 왔지."

"어디 갈 곳은 있어?"

"걱정 마, 여기다 방을 잡아 놓았으니까."

"깔깔깔, 그거 말고."

"그럼 뭘 알고 싶은 건데?"

"이곳에 오면서 아무 말 못 들었어? 무작정 왔나 보지?"

무작정 온 것이 아니다. 절실한 이유가 있어서 왔다.

하지만 자신의 목적을 말할 수는 없는 일. 더구나 연소랑의 말투 속에 뭔가가 숨겨진 것처럼 느껴진다. 북궁천은 그녀를 떠보기 위해서 별소리 다 한다는 투로 대충 대꾸했다.

"계획이 없긴? 천사교에 들어갈 수 있으면 들어가고, 아니면 한몫 챙길 생각이야."

"정말 천사교에 들어갈 생각이야?"

"여기에 온 사람들은 다 그런 생각으로 온 것 아닌가?"

"정말 그렇게 생각해?"

"천사교에 들어갈 것 아니면 사람들이 왜 여기에 오는 건데?"

"여기만큼 마도무사들에게 편한 곳이 없으니까. 이곳에선 정파 놈들의 눈치를 볼 필요가 없거든."

천사교가 좋아서라기보다 정파의 눈치를 보기 싫어서 왔다는 말. 그 내면에는 천사교를 마음에 들어 하지 않는다는 뜻이 숨겨져 있다.

"천사교가 마음에 안 드나?"

무심코 뱉은 북궁천의 말에 연소랑의 표정이 처음으로 굳어졌다. 그녀는 자연스럽게 고개를 돌려서 주위를 둘러보고는 나직한 목소리로 말했다.

"앞으로 그 말을 할 때는 한 번 더 생각하고 해. 잘못하면 걸어가다가 목이 떨어지니까."

북궁천의 눈빛이 깊어졌다.

그는 자신뿐만이 아니라 세상사람 대부분이 미처 모르고 있는 상황이 상주에서 펼쳐지고 있음을 직감했다.

천사교 때문에 마도무사들이 모여들지만 천사교가 좋아서 모여든 사람만 있는 게 아니다. 조금 전 연소랑의 말대로 편하기 때문에 온 것일 뿐.

결국 상주에는 두 부류의 사람들이 있다는 뜻이다. 천사교를 따르는 자와 따르지 않는 자. 그런데 조금 전, 연소랑이 갈 곳이 있느냐고 물었다.

생각해 보니 아는 자들이 있냐는 질문이었나 보다. 상주에 머무는 자들끼리도 패가 갈라져 있다는 말. 하긴 세상 어디든 사람이 모이는 곳이면 반드시 패거리가 갈라지는 법이다. 이상할 것도 없었다.

"흠, 이제 보니 이곳 상황도 복잡하군. 여자, 나는 이곳 상황을 잘 모르니 하고 싶은 말 있으면 해 봐라."

연소랑의 입가에 다시 웃음이 떠올랐다.

"생긴 것치고는 눈치가 빠르군."

생긴 게 어때서?

"너도 그럭저럭 봐 줄 만해. 가슴이 좀 작은 게 흠이긴 하지만. 어떻게 된 게 열일곱 먹은 우리 꼬맹이보다 작냐?"

대범하다는 연소랑도 그 말에는 충격을 받지 않을 수 없었다. 하마터면 손이 가슴으로 갈 뻔했다.

하물며 다른 사람들은 말할 것도 없었다. 모두가 벙 찐 표정으로 북궁천을 바라보았다.

연소랑 일행은 '뭐 저런 놈이 다 있어?' 하는 눈빛으로 노려보고, 장추람 등은 한숨을 쉴 것 같은 표정으로 힐끔거렸다.

"아무에게나 그렇게 말해?"

"상대에 따라서."

연소랑은 북궁천을 빤히 바라보더니 화끈하게 그 일을 털어 버렸다.

"좋아, 가슴 작은 거야 사실이니까, 뭐."

어쭈?

북궁천은 처음으로 연소랑의 성격이 마음에 들었다. 그래서 나름대로 위로의 말을 해 주었다.

"그래도 그 정도 얼굴이면 어디 가서 밉상 소리는 듣지 않을 거다. 엉덩이도 탱탱하고. 그러니 자신을 가져. 남자가 뭐, 여자 가슴만 보고 사냐?"

하지만 그 말을 듣고 기분 좋아할 여자가 몇이나 될까?

더구나 연소랑은 예뻤다. 헌원려려나 공손설에 비해서 떨어질 뿐.

그러니 그녀도 여자인 이상 자존심에 상처를 입지 않을 수 없었다.

"후우……."

연소랑은 한숨을 길게 내쉬었다. 난생처음 만나 보는 괴상한 작자였다. 사실 그녀는 우연히 이곳에 와서 북궁천 일행을 만난 것이 아니었다. 목적이 있어서 접근했다.

그런데 처음 계획과 달리 상황이 이상하게 돌아갔다. 그녀는 자신조차 이상해지기 전에 북궁천과 농담조의 이야기를 포기했다. 해 봐야 이익이 없을 듯했다.

"상주의 상황을 알고 싶다고 했지?"

"해 봐. 들을 준비는 되어 있으니까."

"이곳에서는 좀 그런데, 겁나지 않으면 조용한 곳으로 가서 이야기하는 게 어떻겠어?"

"음식 시킨 것은?"

"가져가서 먹지, 뭐. 동전 두어 문만 주면 배달도 되거든?"

"그럼 그렇게 할까?"

북궁천은 일말의 망설임도 없이 자리에서 일어났다. 상주에 들어온 목적은 정보를 얻기 위해서다. 그런데 자신보다 많은 것을 알고 있는 자들을 만났다. 망설일 이유가 없었다.

'출발이 좋군.'

그 때 장추람이 연소량에게 말했다.

"그 이야기, 우리도 좀 듣고 싶은데. 함께 가도 되겠소?"

연소량이 바라던 바였다. 말하지 않았으면 그녀가 먼저 제의했을지 몰랐다.

"좋을 대로 해."

어두컴컴한 거리로 나선 지 얼마 되지 않아서 연소랑이 고개를 돌려 북궁천의 뒤를 바라보았다.

객잔에 있던 자들이 졸졸졸 따라오고 있었다. 하나같이 범상치 않아 보이는 자들이.

'횡재했군. 내가 직접 나오기를 잘했어.'

그런데 왠지 그들의 분위기가 비슷하게 느껴졌다.

문득 어떤 생각이 든 그녀는 북궁천을 올려다보았다.

"저자들, 아는 자들이야?"

북궁천이 가볍게 고개를 끄덕여서 그녀의 말을 인정했다.

연소랑의 눈이 커졌다.

"혹시…… 일행?"

북궁천은 사실대로 말했다.

"떼로 몰려다니면 아무래도 이상하게 볼 것 같아서. 왜, 겁나?"

연소랑은 무슨 소리냐는 듯 어깨를 폈다. 그리고 좀 전에 당한 것을 확실하게 복수했다.

가느다란 검지로 머리를 가리키면서.

"아니. 덩치 큰 것들은 무섭지 않아. 대신 여기가 비어 있거든. 뭐, 당신들에게 한 말은 아니니까 화내진 마."

연소랑은 북궁천 일행을 객잔에서 멀지 않은 곳에 있는 고색창연한 장원으로 안내했다.

정문 위에 조양장(朝陽莊)이라는 현판이 걸린 장원은 대여섯 채의 건물과 제법 넓은 정원으로 이루어진 평범한 장원이었다.

하지만 북궁천은 그곳에 들어가자마자 겉보기에 평범한 그곳이 용담호혈이라는 사실을 눈치챘다.

장추람을 비롯한 일행들도 그 사실을 알았지만 표 내지 않고 자연스럽게 행동했다.

남들에게는 대단해 보일지 몰라도 그들 눈에는 특별할 것이 없었다.

"들어와."

연소랑이 전각 문을 열고 고갯짓으로 안을 가리켰다.

북궁천은 마치 자신의 집에 오기라도 한 것처럼 태연히 안으로 들어가서 자리에 앉았다. 일행들도 그와 크게 다르지 않았다.

연소랑이 맞은편에 앉고, 그녀의 양옆으로 호위하던 자들이 앉았다.

안쪽 문이 열리더니 시비 둘이서 차를 가지고 나왔다. 미리 준비하기라도 한 듯 찻주전자에서 김이 모락모락 났다.

북궁천은 그걸 보고 한 가지 사실을 더 깨달았다.

'객잔에서 우릴 만난 게 우연이 아니란 말이군.'

그렇다면 목적이 있다는 뜻.

그는 차를 들어서 입술을 축이고 연소랑에게 말했다.

"이제 조용한 곳에 왔으니 상주에서 무슨 일이 벌어지고 있는지 말해 봐."

〈다음 권에 계속〉